초등 메타인지 독서법

# 초등 메타인지 독서법

**초판 1쇄 발행**　　2022년 4월 15일

**지은이**　　윤옥희
**펴낸이**　　변선욱
**펴낸곳**　　왕의서재
**마케팅**　　변창욱
**디자인**　　꼼지락

**출판등록**　　2008년 7월 25일 제313-2008-120호
**주소**　　경기도 고양시 일산서구 일현로 97-11 두산위브더제니스 105-601
**전화**　　070-7817-8004
**팩스**　　0303-3130-3011
**이메일**　　latentman75@gmail.com
**블로그**　　blog.naver.com/kinglib

**ISBN**　　979-11-86615-60-7　13370

책값은 표지 뒤쪽에 있습니다.
파본은 구입하신 서점에서 교환해드립니다.

읽기 능력의 초격차가 공부 머리를 결정한다

# 초등 메타인지 독서법

윤옥희 지음

헤리티지
HERITAGE

# 메타인지 능력을 키워주고
# 그 자체가 메타인지인 단 하나의 과정

초등 부모들을 만나보면 독서와 관련하여 이런 걱정을 많이 합니다. "많은 책을 읽었는데 무슨 내용인지 물어보면 잘 모른다고 하니 답답해요" "다 읽었다고 하는데, 기억을 잘 못 해요. 뭐가 문제일까요?" "책을 읽고 나서 자기 생각을 잘 표현하지를 못해요. 어떡하면 좋을까요?"

왜 책을 많이 읽어도 읽기 능력이 부족할까요? '제대로' 읽지 못하기 때문입니다. 조금 더 전문적인 용어를 빌려 원인을 설명할 순 없을까 고민이 깊었지만, '제대로 읽지 못한다'가 제일 잘 표현된 말이란 걸 나중에 깨달았죠.

분명히 책은 읽었는데 읽기가 아니라… 선문답 같이 들립니다. 전문가와 연구자들은 독서를 이렇게 봅니다. '독서는 복잡한 인지 처리 과정을 거쳐 의미를 파악하는 총체적 두뇌 활동' 이런 면에서 아이들이 생각하는 독서와 실제 독서와는 차이가 날 수밖에 없죠.

예를 들어 책장은 넘겼는데 딴생각만 들고, 어려워서 이해가 안 되는데 대충 보다가 덮어버리거나, 쉬운 책만 골라 읽고 책을 많이 읽는 것만 중요하게 여기는 경우들이죠. 모두 질 높은 독서가 이루어지지 않은 예입니다. 책이나 글을 읽어도 머리에 잘 들어오지 않고, 가슴에 남지 않게 됩니다.

눈과 귀를 사로잡는 게임과 자극적인 영상 매체에 익숙해진 탓도 있겠지만, 그보다는 제대로 읽지 못하고 이해하지 못하는 시간이 쌓이는 게 문제를 키웁니다. 대충 읽기 습관은 읽기 빈틈으로 연결되고, 점점 더 생각하기를 싫어하게 되며 공부 격차로 이어집니다. 제대로 읽지를 못하니, 학생들의 문해력 부족 문제가 사회문제로 대두된 지도 오랩니다.

제대로 하는 독서, 다시 말해 '깊이 생각하며 읽고, 이 과정을 통해 생각의 힘을 기르는 독서'로 패러다임을 바꾸어야 합니다. 이 읽기 역량의 열쇠가 있다니 여간 반갑지 않습니다. 바로 '메타인지'입니다.

메타인지는 공부 잘하는 아이들의 능력이면서 읽기의 질을 좌우합니다. 공부가 읽고 이해하고 기억하며 문제를 해결해 나가는 과정인 것처럼, 독서도 마찬가지 활동이기 때문이에요.

메타인지 독서가 어떻게 아이의 메타인지 능력을 키워줄 뿐 아니라 그 자체로 메타인지 과정인지 이제 조금 감이 잡힐 겁니다. 그럼 초등 메타인지 독서에는 어떤 힘이 있을까요?

첫째, 잘 읽고 이해할 수 있게 됩니다. 자기거울로 '내가 잘 이해하고 있는 걸까?' 하며 독서 태도와 이해도를 점검하게 됩니다. '집중해서 읽어볼까?'라며 독서 태도를 바꿔주고 난이도와 읽기 속도를 조절할 수 있어요. 무엇보다 '왜?'라고 질문하며 생각하는 독서를 하게 됩니다. 독서의 주체가 되니 질 높은 독서를 하게 되는 것이죠.

둘째, 읽기 두뇌가 발달할 수 있어요. 인간의 뇌는 지속해서 발달하는 신비의 영역이니 메타인지를 활용해 읽으면 더 적극적으로 두뇌 활동을 하게 됩니다. 메타인지를 활용한 독서는 더 잘 읽을 수 있는 읽기 두뇌를 만들고, 학습 능력에 잴 수 없는 긍정적인 영향을 미칠 수 있어요.

셋째, 학습 능력을 높일 수 있어요. 메타인지 독서는 책을 통해 스스로 질문해보고 생각하며 점검하는 과정입니다. 나를 객관적으로 바라보고 성찰할 수 있게 도와주는 겁니다. 공부나 과제 수행을 떠올려보죠. 부족한 점을 파악해 효과적으로 할 수 있도록 자기거울로 생각과 행동을 계속 점검하고, 이를 토대로 '어떻게 해야 할까?' 판단하고 행동한다면 공부 역량이 향상합니다. 만약 문제점을 발견하면 어떻게 하면 좋을지 고민하며 보완해 나갈 행동전략을 세우고 실천하게 됩니다. 자신에게 맞는 효과적인 방법을 알고, 점점 더 나은 방법을 찾아나갈 수 있으니까요.

이외에도 메타인지 독서에 숨겨진 무궁무진한 힘을 이 책에서 발견하게 될 겁니다.

메타인지 읽기 역량을 키울 황금기가 따로 있다는 점을 놓치지 마세요. 초등 때입니다. 책을 굳이 초등에 맞춰 '초등 메타인지 독서'라고 한 까닭이에요.

인지 능력이 빠르게 발달하면서 공부하는 방법을 잘 몰랐던 아이가 '이렇게 하니 훨씬 공부가 잘되네'라는 사실을 알고 다양한 방법을 찾아 적용해 메타인지 능력을 본격적으로 체험하게 되는 때인 것입니다.

그래서입니다. 초등 때는 메타인지는 연습하고 훈련할수록 향상되니 스스로 궁금한 점을 찾아 질문하며 읽고, 같은 내용이라도 다양한 관점에서 생각해 보고, 제대로 이해하기 위해 다양한 생각 회로를 가동하며 능동적으로 읽는 것이 중요합니다.

책은 초등 시기 메타인지 독서로 가는 여정을 담고 있습니다. 1교시에서는 최상위권을 만드는 생각의 기술, 메타인지를 알아봅니다. 2교시에서는 공부 잘하는 아이의 독서는 무엇이 다른지 살펴보며 메타인지 독서를 통해 역량이 되는 초등 독서의 중요성을 알아봅니다. 3, 4장에서는 메타인지 독서가 아이의 경쟁력이 될 수 있는 실전 전략을 가득 담았습니다. 메타인지를 활용해 책을 효과적으로 읽는 방법, 특히 기억과 이해 과정을 돕는 메커니즘을 설명합니다. 실질적인 문해력과 학습 능력으로 이어지는 부분이니, 집중해서 읽어주세요. 놀이처럼 쉽게 따라 하기 쉽고 톡톡한 효과를 볼 풍부한 사례를 만날 수 있습니다.

마지막 5교시에서는 독서를 하게 만드는 강력한 힘, 동기를 알아봅니다. 독서 습관을 만드는 과학적인 방법부터 메타인지에서 중요한 자기 이해를 통한 자존감 수업, 마음이 건강해지는 법까지 다뤘습니다.

잘 읽는 방법을 알고 적용하며, 한 권의 책을 읽어도 즐거움과 배움의 깊이가 깊어진다면, 그동안 보이지 않던 넓고 새로운 세상을 만나게 될 거예요. 이제 아이와 함께 초등 메타인지 독서법을 본격적으로 시작해 볼까요?

**차례**

| 5교시 |   **독서는 감정이다**

# 1교시

# 최상위권의
# 공공연한 비밀

# ❶
# 공부 잘하는 아이의 비밀, 메타인지

코로나19 탓에 초등 아이들의 생활 습관이 와르르 무너져서 힘드시죠. 불안의 중심에는 뭐가 있었나요? 아마, '공부'였을 거예요.

한 엄마의 말을 들으니 학습 공백에 대한 불안이 절절히 느껴졌습니다. "토끼와 거북이가 경주하면 요즘은 절대 거북이가 이길 수 없대요. 토끼가 쉬고 잠도 자야 거북이가 이길 수 있는데, 요즘 토끼는 빨리 달리는 데다 쉬지도 않는답니다." 학습 능력은 계단을 오르듯 단계적으로 올라가는데 학습 공백이 쌓여 큰 빈틈을 만들고 다른 아이들보다 뒤처질까 봐 걱정스러운 거죠.

하지만 느린 거북이라도 잘 달릴 수 있게 하고, 빠른 토끼도 '자기관리'를 하며 결국, 목표지점에 도착하게 만드는 힘이 있어요. 바로 '메타인지'입니다. 메타인지는 최상위권 아이들의 공부 비결로 알려지며 유명해진 말이에요. 어떤 과제나 공부를 해야 할 때 최선의 전략을 세우고 잘 해낼 수 있게 하는 생각의 기술입니다. 메타인지가 무엇인지 조금 더 자세히 알아볼까요.

메타인지는 1970년대, 미국 발달심리학자인 존 프라벨이 만든 용어로 알려졌어요. '메타'는 '한 단계 높은'이라는 뜻이에요. 인지는 어떤 사실을 인식해서 안다는 것, 생각하는 것을 말합니다. 지각하고, 기억하고, 상상하고 판단하는 것도 포함하죠. '메타'와 '인지'라는 두 단어가 만난 '메타인지'는 '더 높은 단계'를 '인지'하는 것 또는 '생각을 생각하는 것'이라는 의미로 쓰입니다.

---

### 메타인지(Metacognition)

- **메타**(meta): 한 단계 높은, 넘어서
- **인지**(cognition): 아는 것, 생각하는 것

   **메타**(meta) + **인지**(cognition) = **메타인지**: 인지에 대한 인지, 생각에 관한 생각

---

이렇게 생각해 보세요. 메타인지는 거울처럼 자신의 인지 과정을 바라보는 눈이 있는 거로 말이죠. 이렇게 '자기거울'이 있으면 나를 객관적으로 바라보고 성찰할 수 있겠죠. 이건 공부하거나 어떤 과제를 수행할 때 부족한 점을 파악해 효과적으로 할 수 있게 하는 매우 중요한 능력입니다. 모르는 것을 알고, 내 수준을 파악해야 거기에서부터 어떻게 해야 할지 '전략'도 세울 수 있으니까요.

이 때문에 공부 최상위권 아이들에게선 뛰어난 메타인지 능력이 발견됩니다. 벌써 "어떻게 하면 우리 아이, 메타인지를 팍팍 키워줄 수 있을까요?" 하며 조바심 낼 부모님들 얼굴이 그려집니다.

메타인지의 특성을 생각하면, 아이가 스스로 키워야 하는 능력이라는 사실을 알 수 있어요. 무언가를 '아는지 모르는지' 안다면 '얼마나 아는지'를 아무리 부모라도 제대로 알기 어려우니까요.

메타인지 능력이 공부에서 발휘되려면 공부 계획을 직접 짜 보고 그 방식대로 해 보며 잘못된 것이 있으면 바꿔나가야 합니다. 공부 목표를 세웠다면 거기에 도달할 방법을 스스로 찾는 힘을 길러야 눈에 보이는 성적만 잘 얻는 수준이 아니라 진짜 공부도 잘할 수 있게 되는 것이니까요.

최상위권 아이로 키우기 위해 메타인지 능력을 길러야 한다고 오해하지 않았으면 좋겠습니다만, 메타인지 능력을 키우면 공부를 잘할 가능성이 커지는 건 사실입니다. <시사기획 창>이라는 방송에서는 학교 성적이 높은 아이일수록 뇌의 전전두엽 쪽 회백질이 두껍다는 실험 결과가 소개됐어요. 이건 그만큼 신경세포가 많아 그 영역이 활성화해 있다는 뜻이라고 설명합니다.

뉴욕대학교 신경과학센터의 플레밍 박사는 〈사이언스〉 지에 발표한 자신의 논문에서 뇌 구조와 자기성찰 능력, 즉 메타인지와의 관계를 다루는데, 메타인지 능력이 높은 사람이 전전두엽 피질 부위에 회백질이 더 많다는 것을 발견했습니다. 이 부위는 고차원적인 인지와 계획, 동물과는 구분되는 인간 특유의 능력과 관련이 깊다면서 말이죠. 고차원적으로 생각하고 계획할 수 있다는 것은 공부를 잘할 수 있게 하는 매우 중요한 능력이므로 이런 공통점이 있었던 거죠.

아니나 다를까 전문가들은 메타인지 능력이 높은 아이가 성적에도 긍정적인 영향을 미친다고 이야기합니다.

네덜란드 라이덴대학의 마르셀 베엔만 교수는 한 방송에서 성적에 영향을 미치는 요인을 분석하며 25년 동안 알아낸 사실을 소개했습니다. 지능지수인 IQ가 성적을 25% 정도 설명하는 요인인 데 비해 메타인지는 무려 40% 정도나 된다고 해요.

또 아주대 심리학과 김경일 교수는 한 방송에서 다양한 연구 결과와 실제 사례를 종합해 볼 때 '초등학교나 중학교 저학년 때는 IQ와 같은 기초 사고 능력이 뛰어난 아이들의 성적이 더 높지만, 중학교 이후로는 학년이 올라갈수록 IQ보다 메타인지가 더 뛰어난 아이들이 학업에서 확실히 두각을 보인다'라고 말합니다.

어떠세요? '메타인지'에 더 관심이 깊어지지 않으세요?

반가운 것은 메타인지는 연습하고 훈련할수록 발달하는 능력이라는 거예요.

과연 우리 아이는 공부를 잘할 수 있는 '생각 기술' 메타인지를 키우고 있을까요? 부모는 어떻게 도와줄 수 있을까요? 최상위권 아이들의 공부 과정을 들여다보며 메타인지가 어떻게 발휘되고 있는지 알아보겠습니다. 같은 것을 배워도 실력 차이가 나는 이유를 찾을 수 있어요.

# ❷
# 같은 것을 배워도
# '실력 차'가 나는 이유

한 엄마는 "학원 상담을 하는데, 메타인지가 뛰어나야 공부도 잘한다는데 그게 그렇게 중요한가요?"라며 궁금해하시더니 제 설명을 듣고 나서 고개를 끄덕이셨어요. "우리 애는요, 왜 같은 학원에 다니고 똑같은 책으로 심지어 같은 선생님께 배우는데도 반 친구와 비교해서 그렇게나 실력 차이가 날까 싶었는데, 다 이유가 있었네요"

공부를 잘하는 아이와 그렇지 못한 아이의 차이는 어디에서부터 나오는 걸까요? 대표적인 요인이 자신이 무엇을 알고 모르는지를 정확히 파악하는 능력입니다. 한 방송에서 메타인지 능력의 차이가 어디에서 나오는지 소개했는데 주목해 보세요.

최상위권 학생과 평범한 학생을 대상으로 25개의 단어를 3초에 하나씩 보여주며 외우게 했어요. 단어를 몇 개나 외웠는지 확인하기 전 자신의 점수를 예상해 보게 했는데 어떤 결과가 나왔을까요? 외운 단어의 수는 두 그룹 모두 비슷했지만, 최상위권 학생에게는 확연히 다른 특징이 있었어요. 몇 개를 맞혔는지 예상한 단어 수와 실제 단어 수가 거의 같았다는 거죠. 이것은 무엇을 의미할까요?

평범한 학생들은 자신이 얼마나 아는지 정확히 몰랐지만, 최상위권 학생들은 무엇을 알고 모르는지 비교적 정확히 알았던 거예요. 그 차이는 기억력도 IQ도 아닌, 메타인지의 격차였습니다.

수업 시간에도 "뭘 모르겠니?"라고 물으면 "다요" "그냥 어려워요"라고 대답하는 아이들을 세밀하게 보면, '무엇을 모르는지 정확히 모르는 것'이라고 할 수 있습니다.

물론 초등학교 저학년은 아직 이런 판단이 미숙할 수 있어요. 하지만 메타인지 능력이 발달한 최상위권 아이들은 "어떤 단원에 어떤 부분을 잘 모르겠어요"라고 구체적으로 설명합니다. 메타인지가 있는지 아닌지 그 차이가 느껴지시나요?


대치동에서 최상위권 아이들이 주로 다닌다는 한 수학 학원의 원장은 공부 잘하는 아이들일수록 공부를 효과적으로 하고 시간을 효율적으로 사용할 줄 안다고 해요. 여기에서도 메타인지 능력의 차이를 실감할 수 있습니다.

"진짜 공부 잘하는 아이들은 자기가 뭘 모르는지 정확히 알고 있어요. 그래서 학원에서 보충 수업을 하게 하면 모르는 부분만 선택해서 이 정도 기간에 이 부분을 배우면 되겠다는 것을 알아요. 남는 시간에 다른 공부를 하면 더 잘할 수 있어서 시간이 아깝다는 거죠"

원장의 말마따나 최상위권 아이들은 자기 실력의 현 위치를 파악하고, 거기에 맞춰 효과적으로 공부한다는 거예요. 이 과정을 들여다보면, 메타인지의 두 단계 과정을 실천하고 있다는 점을 알 수 있어요. 인지심리학자인 컬럼비아대학교 리사 손 교수는 메타인지가 다음과 같이 2단계로 이루어져 있다고 말합니다.

> **메타인지 = 1단계 : 모니터링**(자기 평가 능력) **+ 2단계 : 컨트롤**(자기 조절 능력)

첫 번째는 '모니터링'으로 내가 무엇을 알고 모르는지를 판단하는 자기 평가 단계이고, 두 번째는 '컨트롤'인데 앞서 했던 모니터링을 바탕으로 어떻게 할지 결정하고 방향을 설정하는 과정이라고 설명합니다.

공부를 크게 '계획'하고 '점검'하며 '학습'하는 과정을 조절하며 보완해 나가는 시스템으로 나눠 이야기해 볼게요. 이 세 가지는 메타인지 전략의 하위 요소이기도 합니다 이때 메타인지가 어떻게 발휘될까요?

## 🎯 1. 계획하기

공부 잘하는 아이들은 어떤 문제를 해결할 때 중간중간 뭐가 더 나은 방법일지 생각하고 '어떤 방법을 사용해 볼까?' 고민하며 '계획'을 세웁니다. 무엇을 해야 할지를 정하는 단계가 계획을 세우는 것이에요. 이때 메타인지가 필요합니다. 시간이 얼마나 걸릴지, 어떻게 하면 효과적일지, 어떤 결과를 가져올지 자신의 지식과 능력을 판단하며 '모니터링'을 합니다.

## 🎯 2. 점검하기

공부하는 것을 '알고 있는지' 모른다면 '무엇을 모르는지' 거울처럼 인지 과정을 바라보고 점검합니다. 수학 4단원을 완벽하게 공부하겠다고 계획했다면, '개념을 정확히 익혔나?' 점검해 보고, '소수의 곱셈 단원에서 계속 틀리네'라는 것을 인지해야 해요.

메타인지의 '모니터링' 전략이지요. "항상 연산 실수 때문에 틀리는구나"와 같이 문제점을 '인지'해야 메타인지의 두 번째 단계, '컨트롤 전략'을 활용해 행동의 방향을 정할 수 있어요.

잘 모르는 것을 '다 알아' 하며 착각하거나 내가 무엇을 모르는지조차 모르는 경우는 제대로 '모니터링'하지 못하고 있다는 말이에요. 그러면 공부 방향을 정하는 '컨트롤'도 잘하지 못합니다.

## 🎯 3. 조절하기

자신의 학습 과정을 점검하며 보완할 점을 발견하면 '조절'할 수 있어요. '이해도'를 점검한 뒤에 공부 속도와 공부 방법을 조절합니다. 딴생각하며 공부했다면 집중하고 제대로 기억하기 위해 주의를 기울입니다. 너무 빠르게 공부한 나머지 놓친 부분이 있다면 천천히 읽어보고, 잘 이해하지 못한 부분이 있으면 다시 공부합니다. 부족한 점을 수정하고 '이렇게 해 볼까?'라며 학습 전략을 조정합니다. 이것이 바로 공부 방향과 전략에 해당하는 메타인지의 '컨트롤' 전략이에요.

학습 과정은 제각각 다르고 학습 상황과 아이의 인지 능력도 다르겠지만, 아이가 지닌 인지 자원을 최대한 활용해 공부를 잘하려면 메타인지에서 자기 평가를 하는 '모니터링' 전략과 과정을 조절하며 실행하는 '컨트롤' 전략이 잘 발휘되어야 합니다. 두 가지가 모두 뛰어나면 공부도 잘할 수 있게 되는 셈이죠. 같은 것을 배워도 실력 차이가 나는 이유, 메타인지의 차이라는 게 느껴지지 않으세요?

저는 전국의 많은 '공신'과 이야기를 나누었어요. 가장 기억에 남는 학생은 수능 만점자 출신에 행정고시 최연소 합격자였던 혜원 학생이었어요. 자신이 어떤 공부 성향을 지녔고 언제 공부를 하면 잘되는지 파악하고 있었어요. 구체적으로 어떤 과목, 어떤 단원, 잘 알지 못하는 부분이 어디인지 세밀하게 알고 있었죠. 혜원 학생의 공부 비결을 들으며 '자신만의 메타인지 사용설명서를 잘 활용하고 있었구나' 하며 연신 고개를 끄덕였어요.

"저는 잠을 푹 자고 충분히 쉬면서 공부해야 학교 시험도 잘 보게 되더라고요. 오히려 밤늦게까지 학원에 다니면 제가 모르는 것만 골라서 배울 수 없어서 많은 시간 투자에 비해 정작 제가 모르는 부분을 집중적으로 공부하기 힘들더라고요. 그래서 학원은 거의 다니지 않았고 대신 부족한 부분 위주로 인터넷 강의를 많이 들었어요. 수능 만점까지는 생각을 못 했는데 제가 생각한 공부 방향이 맞았다고 생각하니, 뿌듯하더라고요"

혜원 학생은 잠을 충분히 자고 쉬면서 공부와 휴식의 균형을 잡는 데 방점을 찍었다고 했죠. 한정된 시간에 어디에 우선순위를 두고 공부해야 할지 잘 알고 있으니, 성과도 높을 수밖에요.


내가 무엇을 알고, 잘 모르는지 파악하는 눈이 있으면 모르는 부분만 쏙쏙 골라 어디를 어떻게 보충해야 할지 알 수 있다며 말했죠.

"공부는 무조건 많이 하기보다 잘될 때 집중적으로 하니까 결과가 좋더라고요" 2022학년도 대학수학능력시험 만점자로 알려진 김선우 학생이 자신의 공부법을 소개한 내용을 보니, 메타인지가 뛰어나다는 느낌을 받았어요. 모의고사를 보고 수학 성적이 잘 나오지 않았는데 이런 생각으로 마음을 다잡고 공부했다고 해요. "조급해하거나 불안해하면 그 시간만큼 공부를 못하게 되니 주어진 시간 안에 최선을 다하자는 마음으로 임했어요"

무엇이 부족한지 판단하고 행동의 방향을 결정하는 생각의 힘, 위기를 기회로 만들고 문제를 해결해 나갈 능력이 '실력의 초격차'를 만들어낼 수 있습니다.

# 자기주도학습에 성공하는 아이 vs 실패하는 아이

 딸이 초등학교 2학년이었을 때 '자기주도학습 능력 키워주기'를 주제로 프로젝트를 한 적이 있어요. "공부가 잘 안 될 때는 언제니?"라고 물었는데 그것이 언제인지 말하다 공부를 효과적으로 할 방법까지 이야기하더라고요.

 "엄마! 나는 한 시간 가까이 공부하면 머리가 좀 복잡해지는 것 같아. 머리가 꽉 차는 게 분명해. 그럴 때는 동시를 읽기도 하고, 노래도 부르면서 공부 말고 다른 생각도 하고 좀 쉬어. 그리고 다시 공부하면 잘되더라구"

 딸은 무엇이 부족한지 스스로 생각해 보고, 공부 계획을 세워보고, 이런저런 방법으로 공부하면서 자신에게 맞는 공부법을 찾아 나가고 있었어요.

우선 '머리가 복잡해'라는 것을 인지했고요. '복잡해진 이유'를 생각해 본 거죠. 곧이어 "한 시간 가까이 공부했기 때문"이라고 생각했어요. 그래서 머리를 가볍게 하려고 '어떻게 해 볼까?'를 고민했고 쉬면서 다른 생각도 해 보려고 노래도 불러본 것이었죠. 자기주도학습을 잘하는 단계까지는 아니어도, 공부 잘하기 위한 일종의 '전략'을 나름대로 세워본 거니, 서투르면 어떤가요? 자기가 공부의 주인이 되려는 기특한 마음이 엿보이지 않나요?

그런데 초등학생이 자기주도학습에 성공하려면 어떻게 해야 할까요? 또 자기주도학습이라는 말은 귀에 딱지가 앉을 정도로 너무 많이 들었는데 정확히 어떤 의미일까요?

자기주도학습 이론의 대가 노울스는 이렇게 정의했어요. '자기주도학습(SDL: Self-directed learning)이란 개인이 주도성을 발휘하면서, 타인의 도움을 받거나 혹은 받지 않고, 자신이 학습의 필요를 진단하며 학습 목표를 설정하고, 인적 물적 자원을 파악하며, 학습 전략을 선택하고 실행하며 그 학습의 결과를 평가하는 과정이다.'

쉽게 말해 자기주도학습은 학습자가 주도해서 자기 학습 방향과 방식을 끌고 나가는 것을 말합니다. 그런데 이 과정을 들여다보면, 저학년이 혼자 하기 힘든 부분이 많아서 부모의 도움이 필요하다는 것을 알 수 있어요. 어떤 과제를 줬을 때 학습과 계획을 세우고 실행하고 잘했는지 평가하고 피드백하면서 학습 전략을 수정도 해야 하니 말이죠.

이때 자기주도학습을 잘하려면 어떤 아이가 유리할까요? 감이 좀 오지요? 대표적으로 '메타인지 전략'을 잘 세우고 활용할 줄 아는 아이가 자기주도학습에 강점을 보입니다.

아주대 심리학과 김경일 교수는 자기 공부를 자기가 바라보고,

내가 아는지 모르는지를 알고, 거기서 문제점을 찾아내며 그 문제점을 보완할 전략을 스스로 찾아낼 수 있다는 점에서 메타인지가 자기주도학습의 핵심이라고 말합니다.

자기주도학습 과정에서 어떻게 메타인지 전략을 활용할 수 있을지 생각해 보려면, 자기주도학습 과정을 세부적으로 알아볼 필요가 있어요.

첫째, 자기분석을 잘해야 합니다. 무엇이 부족한지 알아야 무엇을 해야 할지 알 수 있으니까요. '거실에서 엄마랑 같이 공부하면 더 공부가 잘되더라' '난 암기를 잘 못하니 모르는 건 따로 정리해서 자주 봐야지'처럼 자신이 좋아하는 것, 공부가 잘되는 환경을 파악해 적절한 학습 방법을 찾아나갈 수 있어요. '메타인지'도 자기 자신을 잘 알고 객관화해서 파악하는 것이 중요하니 둘 사이엔 공통점이 있죠.

둘째, 행동 방향을 결정하는 힘인 목표를 세워보고 계획도 짜 보는 거예요. "국어 단원평가 90점 맞을 거야"와 같이 목표를 세웠다면 "오늘 수학 3페이지 하고, 영어 2페이지 할 거야!"라며 간단히 계획도 세워봅니다. 이때 계획이 현실적으로 실행 가능한지 내 생각을 검토해 보는 과정에서 메타인지가 발휘될 수 있지요.

저학년은 이런 판단 능력이 미숙하니, 부모는 "한 시간 안에 다 할 수 있을까?" "틀린 것까지 다시 풀어볼 수 있을 것 같니?"라고 물어보면서 아이가 세운 계획이 실행 가능한지 생각해 볼 수 있게 도와주세요.

오늘 공부할 과목, 우선순위를 고려해 정한 순서, 분량과 같이 점점 세분화해 구체적으로 써 보는 것도 도움이 됩니다. 학습에 절대적인 방법이라는 건 없지만 '계획'을 하고 적어본다는 것은 무얼 해야 할지 생각하는 연습을 할 수 있으니 의미가 있어요.

셋째, 자기주도학습에 뛰어난 아이들은 자기 평가를 하고 무엇을 '보완해야 할지' 생각해 전략을 수정하며 효과적인 방법을 찾아나갑니다. "이렇게 해 보니까 공부가 훨씬 잘되고 틀린 것도 거의 없네" "졸린 시간에 공부하니 시간만 갔네. 다음에는 더 일찍 시작하자"와 같이 말이죠.

이처럼, 학습 과정을 끊임없이 돌아보고 계획을 짜고 실천해 보면서 아이들은 다양한 메타인지 전략을 활용해 볼 수 있어요. 이때 부모가 잘된 것 또는 앞으로 더 했으면 좋겠다 싶은 것을 피드백하면 큰 도움이 됩니다.

요즘 온라인 학습을 많이 하죠. 코로나19로 학교나 온라인 교육 콘텐츠를 통해 온라인 학습할 기회가 많아지면서 '어떻게 하면 효과적으로 활용할 수 있을까'에 관심이 쏠리고 있어요. 이때도 아이가 놓치는 부분을 부모가 알려주면 자기주도학습을 잘할 수 있습니다.

학습 콘텐츠를 보면, 학습자인 아이들이 적극적으로 참여해서 메타인지를 활용할 수 있도록 중간중간 학습 효과를 높일 장치를 많이 배치해 놓았어요. 그 점을 숙지하고 참여하면 똑똑하게 활용할 수 있지만, 아무 생각 없이 진도 빼기에만 치중하면 효과가 뚝 떨어집니다.

예를 하나 들어볼게요. 온라인 독서 콘텐츠에서 책을 읽고 나서 내용을 확인하는 문제 풀이를 해야 한다면, 그건 아이가 조금 더 주의를 기울여 읽고 이해할 수 있도록 한 장치입니다. '읽기 난이도'를 표시해 놓았다면 '이 책은 쉽구나' '이 책은 어렵구나'라는 것을 예상하고, 자신에게 맞는 수준으로 조정해서 읽을 수 있지요. 일단 '이건 좀 쉽네'라고 생각했다면 그다음 행동으로 나아갈 수 있어요. 메타인지를 활용하는 것이죠. '이제 조금 더 어렵고 글이 많은 것을 읽어보자'라고 생각하게 되고, 그러면 실제로 난도가 높은 내용을 읽는 '행동'으로 이어질 수 있어요.

또, 집중해서 읽지 않으면 제대로 학습되지 않으니 예쁜 그림이나 영상을 활용해 집중하게 합니다. 그러나 아이가 수동적으로 읽고 문제를 푸는 방식을 반복하다 보면 '내가 무엇을 알고 무엇을 모르는지' 알 수 없기 때문에 관리 교사와 소통하고 질문도 하면서 온라인 학습 효과를 높여야 합니다. 아이들은 잘 모르지만, 부모들이 조금만 눈을 크게 뜨고 바라보면 아이들이 메타인지를 발휘해 온라인 자기주도학습도 효과적으로 할 수 있어요.

자기주도학습 과정, 들어보니 어떠세요. 크게 2가지 생각이 드시지 않나요? '자기주도학습이 혼자 하는 공부가 아니구나' '자기주도학습을 잘하려면, 메타인지 전략을 잘 활용할 수 있어야 하는구나'

자기주도학습을 잘하려면, 부모의 역할이 어쩔 수 없이 중요합니다. 너무 개입해서도 또 관심과 멀어져서도 안 되는 게 핵심이랍니다. 이건 부모의 메타인지 전략이라고 할 수 있겠네요.

저는 강연이나 책을 통해 부모들에게 강조하는 양육 태도가 있어요. 바로, '관심은 한결같이 개입은 덜하기'에요. 너무 깊이 개입해서도 무관심해서도 안 되지만, 건강한 거리를 두고 아이를 바라보면 아이가 무엇을 느끼고 원하고 생각하는지 알 수 있기 때문이에요.

아이를 키우면서 자주 휩싸이게 되는 감정이 '불안'인데, 잘 키우고 싶다는 불안과 욕심이 자꾸 아이 인생을 부모가 주도하는 틀에 가두게 합니다. 우리는 이런 점이 없는지 메타인지의 눈으로 성찰해 보면서 아주 작은 것부터 아이가 스스로 계획하고 도전할 수 있게 해 줍시다.

저학년 때는 '관심은 한결같이 개입은 덜하기' 전략을 실행하되, 아직 스스로 공부 전략을 세우고 실행하는 능력은 부족한 시기이니, 공부 과정에 관심을 두고 도와주어야 합니다. 고학년이 되어 공부하는 목적을 좀 더 뚜렷하게 알고, 계획을 세우고 공부 방식도 다양하게 활용할 수 있을 때 공부의 주도권을 조금씩 넘겨주세요. 결국, 공부의 주인은 아이니까요.

그렇다면 좀처럼 자기주도학습을 잘하지 못하는 아이들은 어떤 경우일까요? 한 엄마는 이런 고민을 털어놓았어요. "아들이 4학년이나 됐는데 자기주도학습이 전혀 안 돼요. 숙제도 제가 다 봐줘야 하고, 학원 시험도 제가 다 준비해줘야 해요. 그냥 두면 숙제든 공부든 제대로 되지 않으니 제가 쉴 틈이 없다니까요"

아이가 뭔가 해 볼 틈도 없이 부모가 나서서 다 해주면 자기주도학습 능력을 키울 기회조차 박탈당하게 됩니다. 아이가 뭔가 해 보려다가 잘하지 못하면 "잘하지도 못하면서 뭘 하려고" 타박하기도 하고, "왜 이렇게 느리니?"라며 답답해할 때도 많죠. 그러다 보면 이 말이 자주 튀어나오게 됩니다. "엄마가 시키는 대로 해" "엄마가 해 줄게"

부모가 다 해줄 때 주도성은 꺾이게 됩니다. 자꾸 도전을 제지당하면, "해 볼 거야"라는 도전 의지도 약해지고 맙니다. 실수투성이라도 많이 경험하고 부딪혀 볼 기회를 줘야 잘하는 것도 많아지죠. 저는 아이들을 키우면서 가장 많이 한 말 가운데 하나가 바로 "그래. 한번 해 봐"예요. 이 말 한마디가 메타인지를 키울 언어라는 걸 잘 알고 있으니까요. 자기주도학습의 궁극적인 목적은 공부를 잘하는 것을 넘어, 세상에서 주도성을 갖고 살아가는 힘, 제 인생을 개척하며 삶의 주인이 되어 살아갈 능력을 길러주는 것이니까요.

# ④
# 메타인지가 반짝이는
# 순간

딸이 3학년 때였어요. 영어단어를 공부하는데 단어장을 하나 만들어 빼곡하게 적으며 공부하는 걸 보니 기특해서 칭찬이 터져 나왔지요.

"우리 딸, 누가 이렇게 가르쳐줬어. 정리를 참 잘했네"

단어장을 자세히 보니 외워야 할 전체 단어가 적혀 있고, 그 아래에 몇 개의 단어는 따로 적어두었더라고요. 이게 뭔가 싶었는데, 딸이 말했어요.

"엄마, 여기 있는 단어, 다 아는 줄 알았는데, 내가 시험 봐 보니까 틀리는 게 많더라고. 나중에 헷갈리는 것만 다시 보려고 따로 정리했어. 이렇게 하면 기억하기 좋을 것 같아서 해 봤지. 요것만 또 공부할 거야"

어떻게 하면 모든 단어를 정확히 외울 수 있는지 생각하다가 나름대로 공부 전략을 세운 것이죠. 서툴지만 기특했습니다. 1, 2학년보다 훨씬 더 계획을 잘 세우고 실행하는 데 꼼꼼해지고 있다는 게 느껴졌으니까요. 아이디어를 동원해서 공부 방법을 바꿔보더니 백점을 맞는 횟수도 늘었습니다. '스스로 해 보는 시간이 아이를 어떤 미래로 데려갈까?' 상상하니 미소가 지어졌어요.

그럼 메타인지가 발달하는 생애 과정이 있을까요? 메타인지의 개념과 발달 시기는 전문가마다 조금씩 의견이 다릅니다. 대체로 메타인지는 유아기에 발달을 시작해 초등학생 때 빨라져 청소년기를 거쳐 정점을 이루다가 성인기를 거쳐 안정화된다고 해요.

인지심리학자 피아제는 메타인지 개념과 비슷한 고차원적 사고가 초등학교 고학년 정도에 할 수 있다고 봤어요. 자신의 심리 과정을 스스로 조정하고 통제하는 능력이 서서히 향상되면서 그와 맞물려 메타인지가 발달한다는 거죠.

각종 육아, 교육 서적, 교육 업체에서는 '3학년 시기'를 놓치면 학업 격차가 벌어질 수 있다면서 올바른 학습 습관을 넘어, 제대로 공부하는 법을 익혀야 한다고 강조합니다. 3, 4학년이 마침, 교과서 내용이 길어지고 어려운 정도가 확 높아지는 시기이기도 하지만,

메타인지 발달의 결정적인 시기라 할 만큼 중요하기 때문에 크게 공감하는 부분이 있어요.

　저학년 때는 '계획'하고 자기 생각／감정／행동을 조정하는 것에 미숙하지만, 학년이 올라갈수록 자신의 지식을 평가하고, 과제나 내용／길이／난이도에 따라 얼마나 어려울지 인식하고 그 과정을 조절해 나가는 것이 점점 능숙해집니다. 문제를 풀어서 제대로 아는지 점검하고, 오답 노트를 만들어 모르는 것을 줄여나간다면 메타인지를 연습하고 있는 거예요.

　초등학생 때는 혼자 과제를 하는 것도 힘들어했던 아이가 중학생이 되면 메타인지 활용 범위를 넓게 됩니다. 학습 전략도 점점 더 세밀해지고, 시간 관리에도 능숙해지고 상황 판단력도 좋아집니다. 메타인지가 점점 발달하면서 생활의 전 영역에서 그 능력을 사용하게 되는 거예요. 우리 아이는 메타인지가 발달하고 있을까요? 우리는 어떻게 도와줄 수 있을까요?

　메타인지는 남이 직접적으로 키워줄 수는 없지만, 주변 영향을 받습니다. 다른 사람과 토론하다 보면 다양한 상호작용을 거치며 지적인 훈련을 하게 되는 것처럼 말이죠.

　아이들이 메타인지 능력을 기를 때 함께하는 가장 가까운 존재는 바로 부모입니다. 부모는 아이에겐 어쩌면 가장 중요하고 많이 읽는 '책'과 같은 존재일 거예요. 부모는 대화나 행동으로 지적 자극을 줄 수 있어요. 아이의 '모델링'이 되는 경우가 많기 때문이에요.

부모 스스로 메타인지를 키우면서 삶으로 보여주세요. 자격증을 따고 싶다면 노력하는 모습을, 건강해지고 싶다면 꾸준히 관리하는 모습을 보여주세요. 독서하는 아이가 됐으면 한다면 같이 책을 읽고 이야기 나눠보세요. 아이들은 부모의 표정과 생각을 읽습니다. 눈빛, 말, 행동 등 삶을 통해 배우고 성장하니까요.

박사과정 때 깊이 와 닿은 교수님 말씀이 있었어요. 연구실에 꽃 화분이 있는데, 그 꽃이 혼자 힘으로 피운 것 같지만 환기하고 물을 주며 잘 자랄 수 있는 환경이 없었다면 불가능했다고요. 꽃을 피우는 것은 아이지만 우리는 이를 위한 환경, 즉 물/공기/흙이 되어 줄 수 있어요.

**2교시**

# 공부 잘하는
# 아이의 독서

# ①
# 메타인지의 알파와 오메가, 메타인지 독서

아이의 메타인지 능력을 키워줄 뿐만 아니라 그 자체가 메타인지 과정인 활동이 하나 있습니다. 바로 '독서'랍니다. 왜 그럴까요? 독서는 복잡한 인지 처리 과정을 거쳐 의미를 파악하는 총체적 두뇌 활동이기 때문입니다. '읽고 이해'하고 '기억'하는 일이 포인트인데, 메타인지가 이를 돕습니다.

메타인지는 내용을 분석하고, 궁금한 점을 질문하며, 읽고 나와 연결해 깊이 생각하면서 오래 기억하기 위해 노력합니다. 내용이 '어렵다'라고 판단하면 쉬운 책으로 바꾸거나 다시 읽어보기 등과 같이 방법을 조절하며 효과적인 방법을 찾는 과정에서 메타인지를 자꾸 쓰게 됩니다. 어떻게 하면 잘 기억하고 이해할 수 있을지 생각하고 적용해 보면서 그 과정을 조절하는 힘이 생깁니다. 그냥 독서가 아니라 독서의 주인이 되어 능동적으로 읽을 때 메타인지가 발달하게 되는 거죠.

메타인지는 문제를 해결하는 능력, 이른바 문제해결력 그 자체라고 봐도 지나친 해석이 아닙니다. 당연하겠지요? '다음에는 어떻게 해 볼까?' 하고 전략을 세우는 일도 메타인지인 까닭입니다. 책을 볼까요? 책은 실타래처럼 얽히고설킨 문제투성이 세상을 투영합니다. 책 읽기는 독자가 셀 수 없이 많은 사람이 문제를 해결하는 과정을 간접적으로 체험하는 현장인 셈입니다. 가령, 아이들은 그림책이나 동화 속에서 등장인물이 위기를 극복하는 과정을 보고, '나라면 어떻게 했을까?' 생각해 보게 되지요. 이것이 메타인지 책 읽기입니다. 여러 책을 읽고, 다양한 독서 상황을 경험하면서 메타인지는 쑥쑥 자랍니다.

메타인지 독서 능력은 초등 시기에 결정된다고 해도 과언이 아닙니다. 초/중/고 중에서 초등이 가장 왕성하게 책을 읽는 시기이기도 하거니와 3, 4학년 땐 제법 긴 글이 등장하고 많아져 읽고 해석하는 능력을 본격적으로 시험하는 잣대가 되는 시점이에요. 이때인 거죠. 메타인지를 꾸준히 연습할 기회가 많아지면서 메타인지 능력을 훈련하는 겁니다.

초등학생 때는 한 권의 책을 읽더라도 의미를 되새기고, 내 경험과 연결하는 일이 중요합니다. 이제부터라도 짧게나마 생각을 정리해 보도록 다독여주세요. 표현이 중요한 이유는 우리 생각을 언어로 정의하고 표현해 볼 때 이해력이 향상되고, 생각이 더 분명해지면서 생각의 힘이 확장되기 때문이에요. 한 문장이라도 기억을 되살려 의미를 생각하고 '내가 아는지' '이해한 게 맞는지' 머릿속에 있는 것을 꺼내 보게 해주세요.

최근 '문해력'이 뜨거운 관심사입니다. 우리 아이들이 공부하는 과정에서 반드시 맞닥뜨릴 문제이기에 그냥 지나칠 수 없는 주제입니다.

학생들의 읽기 능력이 계속해서 낮아진다고 아우성칩니다. 제대로 읽지 못하니 이해하기 어려운데 엎친 데 덮친 격으로 생각을 말로 표현하고 쓰기까지 해야 하니 아이들로서는 난감할 겁니다.

2022 개정 교육과정에서 1학년 한글 해독 교육과정을 늘리는 것도 이런 현상과 무관하지 않아요. 교과서는 점점 더 어려워지고, 수행평가에서는 쓰고 발표하는 시간이 많아져 책을 제대로 읽고 이해해서 생각을 잘 표현하는 능력을 기르는 일이 우선 과제로 부각했습니다. 그래서입니다. 저는 더더욱 메타인지를 활용한 읽기에 집중해야 한다고 생각합니다.

읽기에 서툰 아이는 읽고 이해하는 과정에서 어려움을 겪으면 당혹스러워하며 읽기를 포기해버립니다. 아이는 이 말 못 할 사정을 혼자만 꼭꼭 숨기다 문제를 키우고 맙니다. 하지만 메타인지 능력이 뛰어나다면 다르게 대처합니다.

독서를 하면서도 자신의 이해 정도를 점검하며 어떻게 효과적으로 읽을지 그 경로를 선택해 조절할 수 있어요. 어렵다고 해서 포기하기보다 쉽게 이해할 수 있는 '방법'을 찾습니다. 거창해야 할 필요가 없습니다. 단지 '어떻게 해 볼까?' 생각해 보는 겁니다. "엄마에게 어려운 부분은 물어보자" "같은 주제로 쓴 다른 책이 있었는데, 그것도 같이 읽어볼까?" 같은 시도입니다.

간혹 "읽으면서 자연스럽게 이해하는 게 좋지. 굳이 잘 읽는 '방법'까지 찾아가면서 독서해야 하나요?" 하고 물으시는 분이 있습니다. 부연해서 말씀드리자면 읽으면서 동시에 독해가 되는 아이들도 있으나, 안타깝게도 많은 아이가 읽고 이해하는 걸 어려워합니다.

'더 잘 읽고 이해하는 방법'을 찾고 응용해 보는 일은 세상의 변화 때문에 더욱 중요해졌습니다. 단지 독서를 효과적으로 잘할 수 있게 된다는 선을 뛰어넘게 된 겁니다.

예전에는 읽기가 그 자체로 중요한 기능이었어요. 하지만 이제 '읽기'는 새롭고 수많은 상황을 맞닥뜨리는 사회 환경이 조성되면서 자신에게 필요한 것을 찾아서 배우는 이른바 '능동적 학습'을 위한 도구가 됐습니다. 잘 읽는 것이 중요하다면 그다음 단계로는 배우기 위해 잘 읽는 능력도 중요해지고, 그 방법을 찾아 적용해 보는 것 자체가 새로운 학습을 잘하는 경쟁력이 된다는 거예요.

'2018 세계 경제 포럼'에서도 단순히 지시 내용을 주의를 기울여 듣는 '능동적 청취'가 아니라 새로운 것을 직접 찾아서 배우는 '능동적 학습'이 주목받는 능력이 되리라 전망했어요. 공부를 예로 들면 '무조건 열심히'가 아니라, 잘 배울 방법을 배우는 데 관심이 높아진 겁니다.

그런데 이런 궁금증이 생길지 몰라요. '잘 읽을 방법을 가르치면 그 틀을 맞추게 돼 오히려 생각이 갇히지 않을까?'

메타인지와 말하는 공부의 저자인 숭실대 평생교육학과 최성우 교수는 학습 과정에서 배경지식을 요리에 비유해 이렇게 강조합니다. 잘 읽을 방법을 배워나가는 것도 배경지식이라 할 수 있으니 귀 기울여 보세요.

"떡볶이를 만드는 법을 터득하려면 최소한의 재료가 필요합니다. 우리 아이가 요리에 서는 생초보라는 점을 잊지 마세요. … 배경 지식은 개인적으로 쌓을 수 있지만, 외부에서도 전달할 필요가 있습니다." 배경지식이라는 최소한의 재료조차 없으면 새로운 것을 배워나가는 데 오히려 한계가 생길 수 있다는 거죠. 그러면서 이 점도 강조합니다.

"우리 역할은 아이들이 그것을 학습의 수단으로 삼아 잘 활용하게 해 주는 것이고, 많은 지식을 선별적으로 받아들일 수 있는 능력을 키워주는 것이 중요합니다"

한 연구에 따르면, 읽기 전략을 배우고 적용하면 더 잘 이해하게 된다고 해요. 또, 자신에게 맞는 다양한 읽기 방법을 찾고 긍정적인 결과를 얻은 아이가 다음에도 읽기 전략을 활용해 효과적으로 읽기 위해 노력하는 경향이 발견된다고 해요. 제대로 읽고 이해한 경험이 있는 아이는 공부를 할 때도 '이렇게 해 볼까' 하며 방법을 찾아보는 전략형 두뇌가 될 수 있다는 겁니다. 이처럼 능동적으로 책을 읽으면, 문해력은 자연스럽게 따라옵니다.

하지만 넘어야 할 장애물이 있습니다. 아이가 어느 순간 독서를 하지 않게 되어버리는 상황에 부닥치는 경우입니다. "엄마 책 읽어줘" 하면서 책 좋아하던 아이가 고학년으로 올라가면서 공부에 떠밀려 책 읽기를 멈추는 '독서 임계점'을 말합니다.

다행스럽게도 메타인지가 뛰어나면 이 '독서 위기'를 잘 넘길 수 있답니다. 독서의 유익함을 알고, '왜 독서를 해야 하는지' 확신하며 독서 목적이 뚜렷한 아이는 '시간이 없어서 책 못 읽어' 대신 '시간이 없어도 책을 읽을 방법이 뭘까'를 생각합니다.

학년이 올라갈수록 책에 흥미를 잃는 하나의 이유는 책 수준이 높아져 난해해지기 때문이기도 합니다. 이때 책을 술술 읽게 되고 잘 이해하면 어려운 책도 재미있어져 '독서 임계점'을 뛰어넘을 수 있습니다.

아이뿐만 아니라 부모에게도 장벽은 존재합니다. 막상 메타인지 독서를 하자니 왠지 공부시키듯이 비장하게 독서지도를 해야 할 것 같아 부담을 느끼는 겁니다.

메타인지는 자녀의 상황에 맞게 적용해야 한다는 걸 명심하세요. 성격도 능력도 같을 수 없고, 공부도 독서도 잘되는 환경이 제각각이잖아요. 독서 방법이 다양해서 정답은 없다 해도 분명히 효과적인 전략은 있게 마련입니다. 그 방법을 처음엔 부모가 발견하고 권해주되 점점 아이 스스로 찾을 수 있게 해주세요.

초등학생은 메타인지가 본격적으로 발달하는 시기이니, 책 읽기에서부터 "독서를 잘하는 방법이 있구나"부터 알고 접근해보면 어느새 훌쩍 큰 아이의 메타인지를 발견하게 될 겁니다.

아이폰을 발명한 혁신의 아이콘, 스티브 잡스는 이런 말을 했습니다. "많은 경우 사람들은 원하는 것을 보여주기 전까지는 무엇을 원하는지도 모른다"

잘 읽는 방법을 알고 적용하며, 한 권의 책을 읽어도 즐거움과 배움의 깊이가 깊어진다면, 그동안 보이지 않았던 넓고 새로운 세상을 볼 수 있을 거예요. 그때부터 책의 의미는 아이에게 더 크고 깊게 다가오겠죠? 이제 지금까지의 독서는 잊고 메타인지 독서로 나아갈 때입니다.

# ❷
# 수업에 집중하지 못한
# 아이들의 속사정

　여러분 아이들은 책을 잘 읽고 있을까요? 잘 읽는다는 것의 진짜 의미는 무엇일까요? 많은 부모가 잘 읽는 것에 대해 많은 오해가 있습니다.

　1학년 성호의 부모도 그랬죠. 한번은 선생님으로부터 아이가 수업 시간에 산만하다는 말을 전해 들어서 걱정이 컸습니다. 집중 좀 하라고 아이를 야단치다 나중에 왜 그랬는지 진짜 이유를 알고는 깜짝 놀랐습니다.

　"엄마, 책이 너무 어려워"

　한글을 늦게 뗀 편도 아니고 책도 많이 읽어왔는데 너무 어렵다니 말이죠. 성호는 교과서를 읽고 이해하는 게 어려워서 집중을 안 한 게 아니라 못 한 것이었고, 그것이 다른 사람 눈에는 산만하게 비친 것이었죠.

이것은 '잘 읽는다'라는 진짜 의미를 오해한 데서 비롯되었습니다. '읽기 능력은 읽은 것을 이해할 수 있는 능력'을 의미합니다. 그런데, 성호 부모님은 책을 안 틀리고 잘 읽는 것을 보며 '잘 읽네'라고 지레 짐작하고는 '그렇게 잘 읽는데 이제 책은 혼자 읽어야지'라며 혼자 읽게 방치했던 경우였죠. 꽤 많은 부모가 소리를 내어 읽는 '음독'을 잘하면 '당연히 내용도 잘 알겠거니' 하고 여긴다는 인식이 문제를 키웁니다. 그러다 학교에 가면 그 빈틈이 그대로 드러나는 것이죠.

'읽기'를 잘하는 아이들은 단지 독서로 끝나지 않고, 학교생활도 적극적으로 할 수 있게 됩니다. 초등학교 저학년 때는 아이가 또박또박 읽는 만큼 내용 이해력도 충분한지 꾸준히 관심 있게 살펴봐야 합니다.

연구에 따르면, 읽기를 잘하면 자신에 대한 유능감을 느끼며 자신감 있게 학교생활을 할 수 있고 학업 성취도도 좋다고 해요. 실제로 이런 아이들은 선생님이 "이것, 대답해 볼 사람?"하고 물으면 손에 스프링이라도 달아 놓은 듯 "저요. 저요" 손을 들며 '반응시간'이 빠르지요. 수업에 참여할 기회가 많으니 자신감도 하늘을 찌릅니다

반대로 읽기가 힘들어지면 어떻게 될까요? 다시 말해 수업 시간

에 배워도 갸우뚱하는 시간이 많다면, 도로를 달리는 데 큰 바위가 자꾸 앞을 막아서는 상황처럼 읽다가 막히고, 생각의 흐름이 자꾸 끊겨 버리고 맙니다. 이 말은 정보처리 과정이 삐걱대면서 학습이 이뤄지기 어렵다는 뜻이에요.

국어뿐 아니라 수학도 문장체 문제가 나오면 '무슨 말이지?' 싶어 문제만 이해해도 해결할 수 있는 문제를 틀리는 경우도 늘어납니다. "수학 학원에서 테스트를 볼 때마다 떨어져서 속상해요"라는 2학년 아이의 부모를 만났는데, 역시 읽기 능력이 부족해서 그런 것이었죠. 연산 문제인데 말로 풀어 놓으니, 어렵기만 했던 거예요. 이렇게 무기력한 시간이 쌓이면 학년이 올라갈수록 학습 구멍은 점점 더 커질 수 있고 여러 과목에 영향을 미쳐, 이를 메우려면 상당한 시간과 노력이 듭니다.

더 안타까운 것은 아이 자존감에도 생채기가 날 수 있다는 겁니다. "나, 이대로 괜찮은 사람이야?"라고 느낄 수 있는 '자기 가치감'이 자리 잡지 못하고 현재 모습이 어떤지와는 별개로 "난 왜 이렇게 못난 것일까?"라며 자존감에 빨간불이 켜질 수 있기 때문이죠.

아이들은 지금은 부족해도 언제든지 나아질 수 있는 반짝이는 존재에요. 하지만 자라며 부모뿐 아니라 친구나 선생님과 같이 주변 사람들이 자신을 어떻게 평가하는지에 따라 자기 이미지를 형성하기 때문에 아이가 수업을 잘 따라갈 수 있는 읽기 능력을 갖추는 것은 자신감 있는 학교생활을 위해서라도 정말 중요합니다. 초등 시기는 언어 능력은 물론, 인지 능력도 가파르게 발달하는 시기예요. 아이들이 가능성 덩어리라는 의미입니다. 지금부터 노력하면 충분히 좋아질 수 있어요.

읽기 능력이 부족한 아이를 어떻게 도와주면 좋을까요? 저학년이라면 스스로 책을 읽고 이해하는 것이 능숙해지는 '읽기 독립' 시기까지 관심을 두고 잘 읽을 수 있게 도와주세요. 자기주도학습처럼, '읽기 독립'도 스스로 책을 읽을 수 있다는 것이지 혼자 읽어야 한다는 말은 아니니까요.

읽기 유창성이 높은지 살펴보세요. 이것은 '말을 하거나 글을 읽는 것이 물 흐르듯 거침없는 것'을 말합니다. 글자가 결합해 이루어진 단어를 소리 내어 읽을 수 있는 것을 해독이라고 하는데, 이것이 어느 정도 숙달되면 이야기책처럼 쉽고 재미있는 책을 잘 읽고 이해할 수 있는 '읽기 유창성' 단계로 나아갈 수 있어요. 소리 내어 읽기를 하면 글을 '보는 속도'와 '소리 내는 속도'를 맞추고 있는지 파악할 수 있고 정확히 읽는지, 건너뛰는 글자는 없는지, 의미별로 잘 띄어 읽는지 파악할 수 있어요.

의미 단위로 읽는다는 것은 어떤 뜻일까요? 이런 문장이 있습니다.

"아버지가 방에 들어가신다."

아래와 같이 띄어 읽는다고 생각해 보세요.

"아버지가방에 v 들어가신다."

이렇게 읽었다면 어떤 의미 같나요? 아버지는 '가방에 들어가신다'로 이해가 됩니다. 이렇게 읽어보세요.

"아버지가 v 방에 v 들어가신다."

조금 빨리 읽는다면 이렇게도 읽을 수 있어요.

"아버지가 v 방에 들어가신다." 이렇게 읽으면 아버지가 '아~ 이런 행동을 하시는구나'로 중요한 내용을 알 수 있다는 거예요. 이 모습을 이미지로 떠올려볼 수도 있고요. 이렇게 의미 단위로 읽는 것을 연습하다 보면, 중요한 부분은 힘주어 읽기도 하고, 생동감 넘치는 부분은 억양을 다양하게 하면서 점점 소리 내어 읽기가 능숙해질 수 있어요. 한 번에 의미 파악을 할 수 있는 문장도 점점 길어지게 되고요. 읽는 소리를 녹음해 들려주면 어떻게 읽는지 알 수 있고, 조금씩 나아지는 것을 느끼면 뿌듯해합니다.

그런데, 어휘력이 턱없이 부족하면, 읽다가 막히는 것이 반복됩니다. 이때는 어휘의 뜻을 함께 알아보거나 모르는 어휘도 '이런 뜻이야'라며 책을 통해 파악하는 방법도 알려주세요. 문단 단위나 짧고 단순한 구조의 글을 소리 내어 적당한 속도로 읽는 연습부터 하다가 자신감이 생기면 조금씩 글 밥이 많은 글로 넘어가 보세요. 어느샌가 예전보다 긴 글도 자신감 있게 읽으면서 뿌듯해질 거예요.

저학년은 학교에서 낱말과 문장을 소리 내 읽고 알맞게 띄어 읽는 것을 돌아가며 하곤 합니다. 또랑또랑한 목소리로 유창하게 읽다 보면 자신감이 샘솟습니다. 소리 내어 읽기가 익숙해지면 소리 내지 않고도 문단을 읽고 이해하며 전체 내용을 이해하는 단계로 나갈 수 있어요.

개인차가 있지만, 소리 내어 읽는 음독과 소리 내지 않고 읽는 묵독을 병행하다가, 능숙해지면 묵독 비중을 늘리면 됩니다. 3~4학년이 되면 본격적인 학습이 시작되니, 꼼꼼하게 읽고 이해하는 것이 점점 더 중요해집니다. 묵독 중심의 읽기를 해도 내용을 이해했는지 간단히 줄거리를 이야기해 보거나 중요한 사건이 왜 일어났는지, 어떤 일이 있었는지 이야기 나누며 다양한 방법으로 파악해 보세요.

만약 부모가 자주 책을 읽어주다 보면, "목소리는 또랑또랑하게, 여기에서는 이렇게 끊어 읽어야지" 가르치지 않아도 부모가 알맞은 목소리와 발음으로 읽는 것을 들으면 '이렇게 읽는 것이구나'라고 배우고 훨씬 잘 읽을 수 있게 됩니다.

아이들은 조금 어려운 것도 옆에서 잘할 수 있게 가르쳐주고 도와주고, 시범을 보이면서 알려주면 속도는 조금 느려도 스스로 해내는 힘을 기를 수 있게 됩니다. 러시아 심리학자 비고츠키는 아이들의 인지 발달은 부모나 교사가 아이 수준을 고려해 학습 수준이나 양을 적절하게 조절하며 잘할 수 있게 도와주면 이러한 상호작용을 통해 성장한다고 봤어요. 지금은 주어진 과제를 잘 해내지 못해도 그 도움이 발판이 되어 인지 발달이 이루어지고, 나중에는 도와주지 않아도 스스로 문제를 해결하는 능력이 생길 수 있다는 것이죠.

책을 잘 읽을 수 있게 가르쳐 주는 것, 부모가 읽는 모습을 시범을 보이는 것, 책을 읽고 생각을 표현할 때 어떤 어휘를 사용해 어떻게 표현하는지, 호기심이 생기는 부분은 어떻게 탐색해 나가는지까지 말이죠.

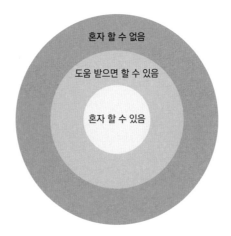

혼자 할 수 없음

도움 받으면 할 수 있음

혼자 할 수 있음

**비고츠키의 근접발달영역 표로 재구성**

초등 아이들의 읽기 수준은 어느 정도면 수업을 잘 따라갈 수 있을까요? 국어 교과서는 듣기/말하기/읽기/쓰기/문법/문학 영역으로 구성돼 있는데, '읽기 영역'의 성취 기준은 아래 표와 같습니다. 1~2학년은 '소리 내어 읽기'를 배우며 반복되는 말의 느낌을 살려 시 읽기도 해 보고, 알맞은 목소리로 인물의 말 읽기도 해 보지요. 문장과 글을 알맞게 띄어 읽고, 주요 내용 파악하기, 인물의 처지와 마음을 짐작해 보기도 합니다. 중학년에서 고학년까지의 읽기 성취 기준도 참고해 보세요.

## 초등 국어 교육과정 읽기 영역 성취 기준

| 학년 구분 | 성취 기준 |
|---|---|
| 1~2학년(군) | • 글자, 낱말, 문장을 소리 내어 읽기<br>• 문장과 글을 알맞게 띄어 읽기<br>• 글을 읽고 주요 내용 확인<br>• 인물의 처지와 마음 짐작하기<br>• 읽기에 흥미 가지고 즐겨 읽기 |
| 3~4학년(군) | • 문단과 글의 중심 내용 파악하기<br>• 글 유형을 고려해 내용 간추리기<br>• 낱말의 의미나 생략된 내용 짐작하기<br>• 사실과 의견 구분하기<br>• 읽기 경험과 느낌을 다른 사람과 나누기 |
| 5~6학년(군) | • 배경지식을 활용해 읽기<br>• 구조를 고려해 요약하기<br>• 글쓴이의 주장과 주제 파악하기<br>• 내용의 타당성과 표현의 적절성 판단<br>• 매체에 따른 다양한 읽기 방법을 이해 · 적용<br>• 읽기 습관을 점검하며 스스로 글 찾아 읽기 |

＊ 2015년 기준

# 많이 읽으면 잘 읽는다는 건 '착각'

초등학교 독서 교실 강의가 끝나고 이런 질문을 받았어요. "우리 딸은 책, 정말 많이 읽는데 왜 공부를 못할까요?"

평소에 많이 궁금해하는 이야기여서 오랫동안 교육 콘텐츠를 올리고 있는 〈네이버 부모i 판〉에 이 주제로 글을 썼는데 금세 조회 수가 수십만을 넘을 정도로 반응이 뜨거웠어요. 그만큼 '현실적인 고민'과 '관심사'라는 거죠.

돈을 아끼고 아껴 책을 많이 사 줬고, 열심히 읽혀보겠다고 시간과 노력을 얼마나 들였나요. 꼭 무언가 바래서였던 건 아니었어도 말이죠. 책을 많이 읽어도 공부를 잘 못한다면 생각해 볼 것이 있어요. '많이 읽는 만큼 제대로 읽었나'입니다.

"책 많이 읽네" 싶었더니 금세 "책 다 읽었어"라며 빛의 속도로 덮어버리는 아이들이 있습니다. 속독하면서도 문장을 빠르게 이해하고 넘어가는 게 아니라면 이런 상황일 수 있어요. 관심이 없거나 읽기 싫어할 때죠. 눈으로 훑으며 건성건성 넘기기도 하고, 관심 있는 부분만 설렁설렁 골라 읽는다면 머리에 남지 않게 되지요. 애초에 에너지를 써서 지식을 당기지 않았던 거예요.

우리 아이는 어떨까요? 대충 읽기가 습관화되면 '이 정도면 다 아는 거지 뭐'에 만족하게 되고 교과서를 보거나 다른 공부할 때도 그대로 이어지는 경우가 허다해지죠. '빨리빨리 읽기 습관'을 잘 살펴보세요.


많이 읽으면 잘 읽는 것 같아 '뿌듯하네' 싶지만, 이것은 착각일 때가 많아요. 많이 읽는 것과 잘 받아들이는 것은 다르다는 것을 알아야 합니다. 착각하는 순간은 언제일까요?

한 번에 너무 많이, 너무 오래 읽거나 과하게 어려운 것을 접하다 보면, 머리에 들어가지 않으니, 학습이 잘 이루어지지 않아요.

아이 생일에 한 상 푸짐하게 음식을 차렸는데 끙끙대는 딸의 소리가 들렸습니다.

"엄마… 배가 아파. 체했나 봐"

"너무 많이 먹어서 탈이 났나 보네"

"엄마가 계속 주니까 계속 먹었지"

주는 대로 쓱싹 먹길래 더 주고, "잘 먹으니 좋네"라며 흐뭇해했더니 정작 아이는 탈이 나고 말았던 거죠. 이처럼, '얼마나 많이'보다 중요한 것은 얼마나 '쏙쏙 흡수할 수 있냐'입니다. 소화할 수 있어야 내 것이 되니까요.

말콤 글래드웰은 저서 《아웃라이어》에서 미국 콜로라도 심리학자 앤더스 에릭슨이 발표한 논문을 인용하며 '1만 시간의 법칙'이라는 말을 세간에 널리 알렸죠. 유명한 예술가는 재능을 발견하고 어린 시절부터 '부단한 노력'을 기울여 '시간과 노력'의 대가로 큰 성공을 거두게 된다는 것이죠.

《1만 시간의 재발견》에서는 '의식적인 연습'이 중요하다는 점을 강조하면서 '막연히 앉아서 시간만 보내는 연습은 아무런 도움이 되지 않는다'라고 말해요. 원하는 목표에 도달하려면 의식적으로 연습해야 실력이 향상될 수 있다는 겁니다.

아이들이 책을 많이 읽는 것 같아도 의식해서 아이 스스로 '읽으려고' 하지 않으면 읽기 능력이 느는 것은 한계가 있어요. 세계적인 베스트셀러 《그릿》에서도 무언가를 오래 하는 것이 실력 향상으로 이어지는 것은 아니라고 콕 집어 말합니다. 그릿은 높은 성취를 가져오는 심리학적 개념으로 '목표 달성을 위한 장기적인 열정과 인내'를 뜻해요. 저자인 앤절라 더크워스 교수가 에릭슨 교수에게 매일 꾸준히 연습해도 나아지지 않는 이유를 물었다고 해요.

"저는 열여덟 살 때부터 매일 한 시간씩 조깅을 해 왔습니다. 그런데 1초도 빨라지지 않았어요"

이 말에 에릭슨 교수는 질문합니다.

"교수님에게는 훈련하는 구체적인 목표가 있습니까? (중략) 그러니까 구체적으로 향상시키고 싶은 부분이 있나요?"

더크워스 교수는 이렇게 답했어요.

"음… 아니요, 없는 것 같네요."

이번에는 달리면서 무슨 생각을 하는지 물었는데 이렇게 답했어요.

"라디오를 들어요. 그날 끝내야 할 일을 생각할 때도 있고요"

더크워스 교수는 깨닫습니다.

"알겠어요. 의식적인 연습을 하지 않기 때문에 발전이 없는 거예요."

이 대화를 통해 무엇을 알 수 있나요? 아무리 '오래' 노력하더라도 실력 향상을 하려면 의식적인 연습이 필요하다는 거예요. 이것을 '전략'이라고 말할 수도 있겠네요. 독서도 마찬가지예요. 초등 시기의 독서는 재미가 가장 큰 동기지만, 독서가 역량이 될 정도로 삶에 깊이 들어오게 하려면, '기계적으로 많이'가 아니라 몇 권을 읽어도 '의식적으로 잘' 읽으려고 노력하는 게 중요합니다.

그렇다면, 책으로 다가서게 하는 힘은 뭘까요? 동기는 행동하게 만드는 마음의 힘입니다. 아이들에게 '재미'는 가장 강력한 동기죠. 그 밖에 '내가 이것을 왜 해야 할까?'라고 생각하며 목적을 알고, 나아가서는 '목표'를 세우면 동기가 강해집니다.

'독서를 왜 할까?' '책을 읽으면 어떤 점이 좋을까?'처럼 독서의 목적과 가치를 알고 읽게 해주세요. 아이들에게 책을 읽으면 좋은 점을 물으면 대부분 "재미있어서요" "똑똑해지니까요"라고 합니다. 이것도 좋지만 조금 더 구체적으로 독서의 중요성을 생각해 보고, 책을 읽는 목적에 대해 알면 독서 태도도 진지해질 수 있어요.

저는 독서의 중요성을 보여주는 책을 읽으며 독서에 대한 아이들 생각을 들어보기도 했답니다. 《조선 제일 바보의 공부》를 읽으며, 어린 시절 책을 읽어도 읽어도 한 구절을 제대로 외우지 못했던 탓에 '까마귀 아이'로 묘사됐던 한 대기만성형 인물의 삶을 들여다보았죠. 누굴까요? 바로, 조선 중기의 시인으로 81세에 숨을 거둘 때까지 1,500편이 넘는 시를 남기며 당대 최고의 시인이라는 평가를 받았던 김득신입니다. 시작은 미약했지만, 독서의 재미에 푹 빠졌고 59세라는 다소 늦은 나이에 과거에 급제했죠. 저희 아이들은 조선 시대에는 책 읽기가 공부였고, 소리를 내어 읽었다는 것을 알고 무척 흥미로워했어요.

"김득신은 눈빛으로 종이를 꿰뚫을 만큼 온 정신을 모아서 책을 읽었대. 마음에 드는 책은 만 번도 넘게 읽어서 서재 이름을 억만재로 지었대. 나는 열 번 정도는 읽어볼까?"

책에는 김득신 아버지가 책을 읽는 아들을 위해 읽기 요령을 알려주는 내용이 나옵니다.

"큰 소리로 외워보렴. 술술 외워진단다."

"너무 느리면 딴생각이 난단다."

책을 통해 독서하는 방법을 배울 수 있다니, 참 재미있죠. 책을 좋아하는 등장인물의 이야기에 공감하는 시간도 가져보세요. 《책 먹는 여우》를 보면, 책을 좋아하는 여우 아저씨는 책을 무척 좋아해서 끝까지 읽고 나면 소금과 후추를 뿌려서 꿀꺽 먹어버립니다. 책을 좋아한 나머지 작가로 변신하게 되지요. 이 책을 읽고 '책을 재미있게 읽는 법'에 대해 이야기 나눠보고, 맛있게 책을 먹는 법, 즉 재미있게 읽으면서도 제대로 이해할 수 있게 잘 읽을 방법에 관해서도 대화해 보세요.

저희는 《배운다는 건 뭘까?》라는 책을 읽으며 배움과 독서를 연결해 생각해 보기도 했어요. 책에는 배움에 대한 이야기가 줄줄 이어집니다.

"배운다는 건 뭘까?

배운다는 건 읽는 거야. 읽다 보면 알게 돼. 새로운 궁금증도 생겨. 그럼 그걸 찾아 또 읽는 거야. 그러면서 자꾸 배움을 넓히는 거야"

책을 읽는 것이 배움이고 똑똑해질 수 있다는 마음, 처음에는 읽기가 힘들어도 꾸준히 읽으면 된다는 믿음을 키울 수 있어요. 독서도 공부처럼 좋아하다가 싫증을 느끼기도 하겠지만, 독서의 가치와 목적을 알고, 책 읽는 어른으로서의 미래 모습을 상상해 보면, 독서와의 끈을 오래 이어갈 수 있을 거예요.

"난 책을 많이 읽고 똑똑해질 거야"

"책을 많이 읽고 지혜로운 사람이 될 거야"

에릭슨 교수가 말한 것처럼 책을 '의식적으로 잘 읽으려 노력'하는 것이 메타인지 독서라 할 수 있어요. 스스로 책을 읽는 주체가 되어서 '어떻게 읽으면 잘 읽을 수 있을까?' 고민하며 제대로 읽으려고 노력하는 것이죠. 한 권을 읽어도 제대로 읽는 메타인지 독서, 함께 해 볼까요?

# ❹
# 읽기를 제대로 하면
# 달라지는 것

아이들을 가만히 보면, 책 읽는 모습이 평범해 보여도 저마다 독서를 효과적으로 하려 노력하는 기특한 모습을 발견할 수 있어요.

3학년 수희는 책을 읽을 때 이런 점을 생각해 봅니다. '글이 술술 익히는 것 같았는데, 왜 이해가 안 되지?"

4학년인 혜준이는 과학 비문학 책을 좋아하는데 이런 습관이 있습니다. '이것 모르는 말이네 (생각해 보다가) 앞뒤를 읽어봐도 잘 모르겠네. 사전을 찾아보자'

수희는 '이해하지 못하고 있다는 것'을 알았고, 혜준이는 '모른다'라는 것을 알았어요. 그리고는 그다음 단계의 행동으로 넘어갑니다. 제대로 알기 위한 방법을 찾고 적용했죠. 읽는 모습은 제각각이지만 잘 읽으려고 노력하는 모습을 볼 수 있어요. 내용을 놓칠세라 꼼꼼히 읽는 아이, 모르는 것이 나오면 앞뒤를 다시 읽으며 깊이 생각해 보는 아이, 중요한 부분은 동그라미를 치거나 밑줄을 그으며 읽는 아이, 줄거리만 빠르게 읽어 나가는 아이에 이르기까지 말이죠. 메타인지 읽기 전략에 관한 연구에서는 책을 잘 이해하려면, '이해'에 관해 두 가지를 아는 것이 중요하다고 합니다.

① 읽는 것을 이해했는지를 아는 것
② 이해를 향상할 방법을 아는 것

'글을 잘 이해했는지'를 생각해 보고, 더 잘 이해할 수 있는 읽기 전략을 생각해 보는 거죠. "이렇게 읽어보니 이해가 더 잘 되네"라고 인지하면 그때부터는 성공의 경험을 발판삼아 어떻게 읽어볼까?" 생각하며 더 적극적으로 읽기 전략을 찾고 활용해 나갈 수 있어요.

내가 모른다는 것을 아는지 인지하는 것이 메타인지의 첫걸음이라 할 만큼 중요합니다. 모른다는 것조차 모르면 잘 알기 위한 방법을 찾는 과정은 생각도 못 하겠죠.

잘 이해하며 읽는다는 것은 읽기를 '제대로' 한다는 말입니다. 읽기를 제대로 하면 어떤 점이 달라질까요. 우선, 생각하기 싫어했던 뇌에 변화가 찾아옵니다.

요즘 초등학생은 인터넷으로 검색하고 짧은 동영상을 보며 정보를 받아들이는 데는 익숙하지만, 조용히 에너지를 집중해야 하는 독서는 힘들어하는 경우가 많아요. 걱정스러운 것은 자극적인 영상에 과하게 노출되고 게임에 과몰입하면 자극적인 것에만 반응하는 '팝콘브레인'이 될 수 있다는 점이에요. 이것이 위험한 이유는 질문을 해도 "몰라요"라며 생각하기를 싫어하고 공부할 때도 "머리 아파"라며 책을 덮어버리는 일이 많아질 수 있기 때문이지요. 독서는 생각한다는 것이니, 초등 시기에 제대로 읽으며 생각하는 힘을 기른다면 '초강력 공부 두뇌'가 될 가능성이 커진답니다.

독서를 많이 한 아이들과 그렇지 않은 아이들을 비교한 연구를 보면 독서를 많이 한 아이들이 학업 성취도가 높다는 것을 보여주는데 이 사례를 통해서도 공부 머리로 바뀔 수 있다는 것을 알 수 있어요.

EBS <학교란 무엇인가>라는 방송에서 '읽기'를 많이 한 사람과 그렇지 않은 사람의 뇌는 그 모습이 확연히 달랐어요. 초보 독서가와 책 읽기에 능숙한 '숙련된 독서가'의 두뇌 차이를 보여주었는데, 초보 독서가의 뇌는 큰 노력과 많은 시간을 들여 정보를 받아들이지만, 독서가 아주 익숙한 활동이 된 숙련된 독서가는 뇌 영역이 폭

넓게 활성화되었죠. 그러면서 읽기 능력이 뛰어나면 국어는 물론 과학이나 수학도 잘할 수 있다고도 설명하는데, 이런 뇌의 변화가 더 많은 정보를 빠르게 처리할 수 있게 만들기 때문이라고 해요. 그래서 쉽게 이해할 수 있고 복잡한 추론도 빨리해낼 수 있으니, 국어는 물론 수학, 과학까지 잘할 수 있게 된다는 거죠.

뇌 분야의 세계적 연구자인 매리언 울프도 공부를 잘할 수 있는 뇌로 변화하는 '읽기'의 장점을 말하며 공부를 잘하게 되고 지혜로워지기까지 한다면서 다음과 같이 이야기합니다.

"유추 과정, 추론 과정, 공감 과정, 배경지식 처리 과정 사이의 연결을 꾸준히 강화하면 읽기 차원뿐만 아니라 더 많은 차원에서 유리해집니다. (중략) 삶에도 적용되어 자신의 동기와 의도를 구분할 줄 알게 되고, 다른 사람 생각과 느낌도 더욱 명민하고 지혜롭게 이해하게 됩니다"

초등 시기에 독서를 제대로 하는 게 중요한 이유는 또 있어요. 뇌 발달 특성을 통해 알아볼까요? 뇌는 잘 쓰지 않는 부위가 있으면 가지치기하고, 유익한 경험을 한 부위는 의미 있다고 여겨 발달시키는 과정을 거칩니다. 뇌는 가소성이 있어서 많이 읽고 기억하고, 깊이 생각하고 고차원적인 추론도 해 보며 "저는 이 기능을 자주 씁니다"라고 자주 신호를 주어야 '이건 중요한 정보로군' 하며 인식하게 됩니다. 그 과정에서 읽기 신경세포가 연결되고 확장되면서 더 강력한 읽기 경로를 만들게 된다고 해요. 같은 것을 읽어도 빠르고 정확하게 이해할 수 있는 '초강력 공부 머리'를 만들려면, 초등 시기의 읽기 경험이 '어땠냐'가 그래서 중요합니다.

# ⑤
# 역량이 되는
# 초등 독서의 힘

독서와 거리가 먼 아이들이 어려움을 겪는 대표적인 과목이 '국어'죠. 대학수학능력시험에서도 국어가 점점 어려워진다니, 부모들도 한 걱정합니다.

"지문이 엄청나게 길어서 시간 안에 다 읽고 푸는 게 만만치 않다니 걱정이에요"

"비문학은 여러 영역이 통합돼 나오는 게 많아 그렇게 어렵다면서요"

교육 1번지 대치동의 독서 논술학원, 그리고 국어 학원의 대기는 끝이 모를 정도로 이어진 곳들이 많죠. 한 부모는 유명한 학원에 입학 문의를 했다가 대기가 몇백 명은 기본이라며 혀를 내둘렀어요. "올해 안에는 자리가 날지 모르겠어요. 우리 애만 학원 안 보냈나 봐요. 이러다 혼자 뒤처질까 봐 걱정이에요"

긴장 가득한 수능 시험장에서 1교시부터 국어 지문이 낯선데다 길고 어려우면 이런 일이 생길 수 있어요. "글이 머리에서 다 튕겨 나가는 것 같았어요" 생각만 해도 아찔하지요.

국어는 첫 시간에 치르는데, 국어가 어려워서 소위 '멘탈'이 무너 지면 다른 영역에도 줄줄이 영향을 미치게 됩니다. 매년 차이는 있 지만, 지문이 길고 어려워서 정해진 시간에 문제 풀기가 어렵다는 평가가 주를 이룹니다. 대학수학능력시험 국어 독서 영역, 비문학 질문 일부를 살펴볼까요?

## [4~9] 다음 글을 읽고 물음에 답하시오.

(가)

㉠ 정립 – 반정립 – 종합. 변증법의 논리적 구조를 일컫는 말이다. 변증법에 따 라 철학적 논증을 수행한 인물로는 단연 헤겔이 거명된다. 변증법은 대등한 위 상을 지니는 세 범주의 병렬이 아니라, 대립적인 두 범주가 조화로운 통일을 이루어 가는 수렴적 상향성을 구조적 특징으로 한다. 헤겔에서 변증법은 논 증의 방식임을 넘어, 논증 대상 자체의 존재 방식이기도 하다. 즉 세계의 근원 적 질서인 이념의 내적 구조도, 이념이 시·공간적 현실로서 드러나는 방식도 변증법적이기에, 이념과 현실은 하나의 체계를 이루며, 이 두 차원의 원리를

밝히는 철학적 논증도 변증법적 체계성을 ⓐ 지녀야 한다.

헤겔은 미학도 철저히 변증법적으로 구성된 체계 안에서 다루고자 한다. 그에게서 미학의 대상인 예술은 종교, 철학과 마찬가지로 '절대정신'의 한 형태이다. 절대정신은 절대적 진리인 '이념'을 인식하는 인간 정신의 영역을 ⓑ 가리킨다. 예술·종교·철학은 절대적 진리를 동일한 내용으로 하며, 다만 인식 형식의 차이에 따라 구분된다. 절대정신의 세 형태에 각각 대응하는 형식은 직관·표상·사유 이다. '직관'은 주어진 물질적 대상을 감각적으로 지각하는 지성이고, '표상'은 물질적 대상의 유무와 무관하게 내면에서 심상을 떠올리는 지성이며, '사유'는 대상을 개념을 통해 파악하는 순수한 논리적 지성이다. 이에 세 형태는 각각 '직관하는 절대정신', '표상하는 절대정신', '사유하는 절대정신'으로 규정된다. 헤겔에 따르면 직관의 외면성과 표상의 내면성은 사유에서 종합되고, 이에 맞춰 예술의 객관성과 종교의 주관성은 철학에서 종합된다.

형식 간의 차이로 인해 내용의 인식 수준에는 중대한 차이가 발생한다. 헤겔에게서 절대정신의 내용인 절대적 진리는 본질적으로 논리적이고 이성적인 것이다. 이러한 내용를 예술은 직관하고 종교는 표상하며 철학은 사유하기에, 이 세 형태 간에는 단계적 등급이 매겨진다. 즉 예술은 초보 단계의, 종교는 성장 단계의, 철학은 완숙 단계의 절대정신이다. 이에 따라 ⓒ 예술 – 종교 – 철학 순의 진행에서 명실상부한 절대정신은 최고의 지성에 의거하는 것, 즉 철학뿐이며, 예술이 절대정신으로 기능할 수 있는 것은 인류의 보편적 지성이 미발달된 머나먼 과거로 한정된다.

– 출처: 한국교육과정평가원(2022학년도 대학수학능력시험 국어 영역 일부)

2022학년도 수능에 실린 지문입니다. 독일 철학자 헤겔과 필자가 나누는 가상 대화의 일부가 무엇인지 추론하는 내용이었는데, 지문이 짧아졌다고는 하지만 꽤 길고 어렵지 않나요? 지문을 제대로 이해하고, 문제를 정확히 분석하며 풀어야 합니다.

수능에는 변별력이 있어야 하므로 지문에 없는 정보를 추론해야 풀 수 있는 문제를 비롯해 수준 높은 사고력을 필요로 하는 문제가 등장합니다. 비문학은 교과서에 나오는 여러 과목의 개념을 소재로 해서 나오는 경우가 많지만, 워낙 소재가 다양하고 처음 보는 지문이 많아 학생들을 곤경에 빠뜨립니다. 비문학 영역의 소재로, 독서의 목적과 가치, 헤겔의 변증법, 기축통화와 환율, 운전자를 돕는 장치의 원리까지 독서, 인문, 경제, 기술을 넘나들며 다양한 분야에서 출제됐어요.

'기축통화와 환율'이라는 소재는 국제 통화에 대한 기본지식을 바탕으로 이해해야 하고, '운전자를 돕는 장치의 원리'는 운전자에게 차량 주위의 영상을 제공하는 장치의 원리를 설명하고 있는데, 영상의 제작 과정을 단계별로 이해하고, 또 전체 안에서 각 단계가 어떻게 이루어지는지 유기적으로 파악해야 풀 수 있어요.

지문이 조금 줄기는 했어도 아이들은 점점 더 국어를 어려워하는 모습을 보입니다. 처음 보는 지문도 척척 독해할 수 있으려면, 어떻게 해야 할까요? 한국진학진로연구원 원장으로 국내 최고의 진로·진학 전문가로 꼽히는 호서대 정남환 교수는 초등 시기부터 독서가 역량이 될 정도로 체계적으로 해야 한다고 조언합니다.

"수능 국어 영역에는 문학, 독서(비문학), 화법과 작문, 언어(문법)와 매체가 있어요. 두루두루 잘하려면, 말하기, 듣기, 읽기, 쓰기를 꾸준히 공부하는 것이 중요합니다. 수능 각 영역을 따로 공부하기보다 중요한 것은 어휘력, 독해력, 그리고 배경지식을 쌓는 것입니다. 독서를 통해 충분하게 준비할 부분이지요. 초등 시기부터 국어 공부도 독서를 통해 체계적으로 할 수 있습니다.

초등 시기부터 '적당히 읽는 습관'을 줄이고, 독서도 심화 공부라 할 정도로 열심히 하는 태도가 필요하다는 거예요. 적당히 읽지 않고 깊고 꼼꼼하게 읽는 것, 바로 메타인지 독서의 개념입니다. 정남환 교수는 '능동적인 독서'를 하는 것이 중요하다는 것을 강조합니다.

"독서로 미리 준비하며 심화 공부를 하고 독해 훈련을 한 아이들과 동화책만 재미있게 읽고, 적당히 읽은 아이들은 다를 수밖에 없을 거예요. '능동적인 독서'를 했느냐는 차이가 있기 때문이죠. 처음에는 수준별로 독서하지 않으면 거부감이 생길 수 있으니 낮은 단계부터 인내심을 갖고 재미있고 흥미 있게 접근해야 해요. 하지만 재미와 흥미만으로 공부할 수 있는 건 아니에요. 결국, 독서를 통해 자기주도학습 영역으로 자연스럽게 연결하게 하고, 제대로 된 사회인이 되는 통찰력을 가질 수 있게 하는 게 독서의 목적 가운데 하나입니다"

수능 국어는 다양한 종류의 글을 여러 방식으로 읽어야 잘 풀 수 있는 문제가 출제됩니다. 내용뿐 아니라 구조와 전개 방식을 파악하는 '사실적 읽기', 글에 드러나지 않은 정보를 예측해서 글의 목적, 숨겨진 주제, 생략된 내용까지 파악하는 '추론적 읽기', 주장하는 내용이나 그것을 뒷받침하는 근거가 무엇인지 찾고 의견이 타당한지 요모조모 따져보며 읽어야 하는 '비판적 읽기'는 물론 '창의적 읽기'와 '감상적 읽기'와 같이 말이죠. 평소 여러 종류의 글을 다양한 방식으로 읽고 분석하고, 추론하고 아는 것을 종합하여 읽으면 도움이 됩니다.

하지만 읽기 능력에 빈틈이 큰 아이들은 수업 시간이 고난의 연속입니다. 중학교에 가면 국어 시간만 봐도 주제가 다양해지고 글도 긴 데다가, 수준 높은 어휘가 등장하니, 공부에 서서히 속도를 내야 하는 시기인데도 '몰아 읽기'조차 쉽지 않아요. 뒤늦게라도 열심히 해 보지만, 어디 나만 달려가나요. 옆을 보니 친구들이 저 멀리 전력 질주하고 있어 따라가기 버겁습니다.

고등학생이 되면 더 조급해집니다. '급한 불이라도 끄자' 싶어 뒤늦게 국어 문법을 외우고 문제 풀이에 집중하며 '반짝 성적 올리기'에 온 힘을 기울이죠. 단기 효과가 나기도 하지만, 중요한 순간에 제 실력을 발휘하는 데는 한계가 있어요.

과도한 불안감 속에 공부하듯 책을 읽어야 한다는 건 아니지만, 읽기 능력은 단번에 올라가지 않으니 비교적 시간을 확보하기 쉬운 초등 시기에 한 권을 읽어도 제대로 읽는 습관을 들이는 게 최상책이겠죠.

앞서 아이들을 책으로 이끄는 가장 강력한 힘은 '재미'라고 했지요. 저도 아이들이 재미있어하는 책 위주로 많이 읽을 수 있게 했고, 그런 책의 가치도 잘 알고 있습니다. 호기심이 재미가 되고, 몰입 단계까지 이어지면 더할 나위 없겠지만, 재미있는 책조차도 대충 눈으로 훑어보기만 하면 조금만 시간이 흘러도 '뭐였더라?' 하며 금세 사라져버립니다. 진로·진학 전문가의 말처럼 늘 쉬운 책만 읽을 수는 없고 어려운 책을 읽어야 하는 시기는 반드시 찾아오기 마련이니, 10분이라도 아이가 읽으려는 의지를 갖고 글의 의미를 생각하며 읽는 것이 중요합니다.

이것 아시나요? 메타인지는 조금 불편하고 낯선 상황에 놓일 때 힘을 발휘합니다. 아주대 심리학과 김경일 교수는 한 강연에서 조금 어려운 것을 해내야 하는 상황이 되어야 메타인지가 등장해서 어려운 과제나 상황을 해결해 나갈 수 있다면서 이런 상황을 만들라고 이야기합니다.

'친숙하고 만만하게 상황을 인식하면 잘 발휘되지 않기 때문에 목표가 있다면 낯선 상황에 나를 집어넣어야 한다'

운동할 때 너무 가벼운 것만 들었다 놨다 한다고 해서 근육이 단련되지 않지요. 무거운 것도 들어 봐야 어느 순간, 무거운 것도 번쩍번쩍 들 수 있게 되는 것처럼 독서도 마찬가지예요. 힘들고 어려운 상황에서 '짠'하고 등장해 활동하는 메타인지의 특성을 생각하면, 조금 어려운 책을 읽으면서 끙끙대며 이해하려 노력해 보는 시간이 필요합니다. 게다가, 우리의 뇌는 참 정직합니다. 힘들고 어려운 방식으로 배워야 잘 기억할 수 있다고 해요. 독서도 너무 쉬운 것만 계속하면 실력이 늘지 못해요.

좋아하는 분야의 책을 3권 읽는다면 1권쯤은 조금 어려운 책도 읽어보면서 생각의 힘을 기르는 독서를 해야 합니다. 쉬운 책을 읽어도 이것이 내 수준에 맞는 책인지 생각하고 과제를 해야 한다면 어떤 책이 도움이 될지 판단해서 선택하는 것도 좋아요.

초등 시기에 제대로 한 독서의 힘은 얼마나 효과적으로 읽고 지식을 쌓고, 시험 전략을 연습하느냐와 만나 성적으로 연결되기도 하고, 그 생각의 힘은 삶 곳곳에서 유용하게 활용됩니다. 예를 들어 뉴스도 조금 더 넓은 관점에서 이슈를 바라볼 수 있고, 정보로 가득한 세상에서 무엇이 옳고 그른 것인지 판단하고 효과적으로 취할 수 있고요. 세상을 바라보는 우리 시선에 깊이가 더해지면 인문학적 사고도 자랄 수 있어요. 학교 공부뿐 아니라, 세상 공부도 책을 통해 더 넓고 깊게 할 수 있어요. 독서가 역량이 될 때 일어나는 일들입니다. 독서가 역량이 될 수 있도록 하려면, 어떻게 하면 좋을까요?

# 3교시

# 초등 메타인지 독서 실전
# ① 읽기 전략

# ❶
# 우리 아이,
# '어떻게' 읽고 있나요?

우리는 참 많은 것을 보고 듣습니다. 그런데 주의를 기울이지 않으면 뇌는 이를 잘 인식하지 못합니다.

선미는 책을 들고 TV까지 보느라 정신이 없습니다. "드라마 결말이 어떻게 될까?" 정신이 온통 TV에 쏠렸지만, 책장은 넘어갑니다. 동수는 책을 펼치고 간식을 먹느라 바쁩니다. 손과 시선이 계속 과자에 음료수에 왔다 갔다 하느라 바쁩니다. 이때, 두 아이는 책을 읽었다고 할 수 있을까요?

우리는 아이가 책을 읽었다고 '착각'할 때가 많습니다. TV를 보거나 딴짓을 하며 집중하지 않거나 관심이 없을 때는 책과 '눈 맞춤'을 한 것에 불과하니, '진짜 독서'를 하지 않은 것입니다.

메타인지는 '기억'과 '이해'를 돕습니다. 제대로 책을 읽거나 공부하는 과정은 크게 다르지 않답니다. 모두 읽고 이해하는 과정이기 때문이지요. 설렁설렁 읽게 되면 머릿속에 '입력'이 잘되지 않고, 금세 내용을 잊어버립니다. 독서할 때 암기해야 한다는 의미는 아닙니다. 적어도 기억에 오래 남아야 의미 있는 행위가 될 수 있다는 말입니다.

기억의 특징을 보여주는 대표적인 이론이 있습니다. 바로 '정보처리이론'입니다. 이것은 컴퓨터 하드웨어가 성능과 용량을 효율적으로 조작하는 게 중요한 것처럼, 인간의 사고 능력도 이와 비슷하다고 봤어요. 컴퓨터에서 정보가 크게 입력-저장-인출의 과정을 거쳐 처리되는 것처럼, 머릿속에 제대로 입력되지 않으면 장기기억이 되기 어렵고 필요할 때 꺼내어 쓸 수 있는 지식이 될 수 없다는 것이죠.

말을 배울 때 부모에게 수없이 "아빠라고 해봐. 아빠!"라는 말을 듣게 되죠. 이것은 입력하는 과정입니다. 영어단어를 외우거나 무언가를 이해하면 머릿속에 저장됩니다. 인출한다는 것은 필요할 때 정보를 꺼내는 것을 말해요. 수학 공식을 완벽하게 외웠는지 확인하려면 쓰거나 말을 해 보는 것처럼요. 한참 뒤에도 공식을 쓸 수 있다면 장기기억이 됐다고 볼 수 있는데, 자꾸 꺼내어 쓰다 보면 뇌에서는 '이것은 중요한 정보구나'라고 생각해 오래 기억할 수 있어요. 메타인지는 '지금 아는지'를 '아는 것'뿐만 아니라 나중에도 '내가 기억할 수 있을까?' 생각하는 것이 중요합니다. 독서도 읽은 것을 오래 기억할 수 있다면 얼마나 좋을까요. 이때 기억의 3단계 과정을 이해하면 도움이 됩니다.

기억은 크게 3단계를 거칩니다. 감각기억을 거쳐 단기기억이 되고, 이곳을 거쳐 장기기억이 되는 것이죠. 그런데, 아주 짧은 시간 스치거나 주의를 기울이지 않으면 어떻게 될까요? 책을 펼쳐만 놓고 보는 둥 마는 둥 하다 보면 글이 '잔상'으로만 남게 되고 감각기억에만 잠시 남았다 곧 사라져버립니다. 주의를 기울여야 머리에 들어오면서 단기기억 공간에 남게 되고, 이것이 또 의미 있는 정보로 기억되어야 오래 남게 됩니다. 이 과정에서 장기기억으로 정보를 옮기기 위해 메타인지 전략을 쓰게 됩니다.

가령 영어단어를 잊지 않으려고 기억하기 쉬운 말이나 이미지를 연결해 볼 수 있겠죠. 'intent'라는 단어가 '열중하는', '강한 관심을 보이는'이라는 뜻을 기억하기 위해 어제 캠핑갔을 때 텐트를 쳤던 자신의 모습을 이미지로 떠올리며 "어제 텐트(tent) 안(in)에서 쉬려고 텐트 치는 데 열중(뜻)했더니 동생이 보고는 텐트 치기에 강한 관심을 보였어(뜻)."와 같이 외울 수 있지요. 자신이 익숙한 상황을 시각화해서 떠올리고, 쉬운 뜻을 연결해 생각하면 기억을 잘할 가능성이 커집니다.

공부할 내용이 너무 길 때 요약하는 것도 메타인지 활동이라고 할 수 있어요. 이처럼, 이렇게도 생각해 보고, 저렇게도 읽고 배운 것을 처리해 보면서 더 잘 기억하고 이해하는 게 메타인지의 역할이랍니다.

《생각하는 착각》이란 책에서는 귀로 듣고 눈으로 봤지만, '이해'를 하지 못해 뇌 속에서 정보처리가 되지 못한 경우에도 장기기억으로 저장되지 못한다고 합니다. 여기에서 '이해'라는 말에 주목해 볼까요. 그리고 독서와 연결해 정리해 봅시다.

제대로 독서를 하려면 우선, 주의를 기울여 '읽어야 읽는 것'입니다. 또, 이해를 잘하기 위해 다양한 방법을 사용하는 것이 메타인지가 하는 일이에요. 내용을 비교도 해 보고, 분석도 해 보고, 내 경험과 연결 지어 생각해 보기도 하고, 또 여러 번 읽으면 한참 뒤에도 내용을 기억할 수 있습니다.

제대로 읽으려면 '전략'이 필요합니다. 메타인지 독서는 어떤 힘이 있을까요? 다시 말해 대충 읽는 아이와 제대로 읽기 위한 전략을 활용한 아이, 어떤 차이가 있을까요?

4학년인 수영이와 혜진이는 독서 논술학원에 다닙니다. 함께 학원 과제를 하느라 수영이가 혜진이 집에 왔을 때 혜진이 엄마는 한숨이 났습니다. 교재를 보니 한두 줄씩 짤막하게 답을 적은 딸과는 달리, 수영이는 오래 생각하고 꼼꼼하게 적으려 한 흔적이 역력했기 때문이에요.

안 그래도 "벌써 6개월이나 학원에 다니는데 너는 왜 이렇게 발전이 없니" 하고 타박을 했던 차인데 어렴풋이 이유를 알게 되었습니다. 학원 수업이 부족해서도, 이해력이 부족해서도 아니었어요. '어떻게 읽었느냐'의 차이였어요.

혜진이는 읽는 둥 마는 둥 하더니 과제 하기에 바빴습니다. 질문을 읽고 그 질문에 해당하는 내용을 숨은그림 찾듯이 손으로 짚어 가며 그대로 옮겨 적기 급급했습니다. 주의를 기울여 읽지 않았으니 제대로 내용 파악이 안 됐고 과제를 하려고 해도 기억이 잘 나지 않았어요. 그런데 다시 읽어보면서 천천히 생각하기보다 그야말로 '답 찾기'에만 열중했지요.

책을 보니 수영이는 곳곳에 동그라미를 쳐 놓았고, 메모도 해 놓았습니다. 자세히 보니 등장인물에 대한 정보를 적어 놓은 것이었죠. 처음, 중간, 마지막에 각각 간단히 내용도 정리해 두었습니다. 익숙하면서도 효과적인 방식을 생각해 적극적으로 읽으려고 노력했던 것이었죠.

한마디로 수영이는 메타인지 전략을 활용해 읽은 거예요. 등장인물에 대한 배경지식을 알게 되면 더 몰입할 수 있으니, 인물에 대한 정보를 찾아보았고, 이해되지 않는 부분은 천천히 읽고 동그라미로 표시해서 그 부분에 집중해서 다시 읽어보는 똑똑한 읽기를 한 것이었죠. 자기만의 '읽기 전략'을 이용한 겁니다.

내용을 그대로 옮겨 적는 것이 아니라 알게 된 내용과 연결해 내 방식으로 정리하는 과정까지 거치니 잘 이해할 수 있었던 거예요. 두 아이는 같은 책을 읽었지만, 나중에 기억을 소환하는 일과 이해의 폭은 큰 차이를 보일 겁니다.

# ❷
# 집중의 문을 여는
# 마법 버튼 누르기

"책 좀 읽나 싶어 보면, 집중력은 왜 이리 짧은지, 오래 앉아있지도 못해요. 속 터져 죽겠어요" 약하디약한 집중력이 책과의 거리를 좁히지 못하니 답답하다는 분 참 많으시죠?

참 신기합니다. 공부할 때는 조금만 소리가 부스럭거려도 돌아보는 아이가 게임 할 때만은 "밥 먹자"라는 말도 듣지 못하니까요. 여기엔 이유가 있습니다.

스마트폰이나 컴퓨터 게임에 빠져있을 때 '초집중'하는 모습이 보이는데, 이때는 '반응성 주의력'이라는 것이 발휘된다고 해요. 책을 읽고 공부할 때 열심히 하며 키울 수 있는 것은 '초점성 주의력'

이라고 하는데, 두뇌 발달 전문가 김영훈 박사는 '초점성 집중력'이야말로 뇌를 키우는 집중력이라고 말합니다. 자극적인 볼거리에 집중하기보다 아이 스스로 집중할 것을 선택한 뒤 자기 의지로 집중할 수 있기에 스스로 통제하는 능력도 탁월하다고 해요.

또 하나의 이유가 있어요. 바로, '아이가 봐야 보는 것'이라는 거예요. 보는 것도 아이가 주의를 기울여서 정보를 받아들여야 기억 공간에도 잘 머무른다는 말, 기억하시나요?

가뜩이나 매일 새로운 정보와 자극에 둘러싸여 피로도가 높은데, "이건 중요하니까 잘 읽어봐야겠어"라며 에너지를 모으지 않으면 우리 뇌는 의미 있는 정보로 인식하지 못하니, 기억에서 금세 사라져버리고 말아요. 공부는 '집중력'과의 싸움이라는 말도 있듯이 독서의 질도 얼마나 집중해서 읽느냐에 달려 있지요. 집중력을 기르는 좋은 수가 없을까요?

'초두효과'를 적절히 활용해 보세요. 초두효과는 먼저 제시된 정보가 나중에 알게 된 것보다 더 강력한 영향을 미친다는 원리로 '첫인상 효과'라고도 하지요. 이 초두효과는 학습에서도 적용됩니다. "이것 봐. 네가 좋아하는 우주 이야기인가 봐. 여긴 어느 행성일까' 이런 식으로 아이가 좋아하는 소재를 가리키며 관심을 끌어보세요. 궁금증 불러일으키기 방법도 사용해 보세요. 《푸른 사자 와니니》라는 책이 있는데 "왜 사자를 푸르다고 했을까?"처럼 질문하면 아이는 골똘히 생각하며 집중하게 되죠.

글의 제목을 보고 "무슨 내용이 나오게 될까?" "왜 이런 제목을 지었을까?" 궁금해하며 읽고, 다음에는 어떤 일이 벌어질지 예측도 해 보고요. 중간중간 궁금한 점을 찾아 자신에게 질문해 볼 수도 있죠. 알고 싶었던 부분이 나오면 생각의 세계 속으로 깊이 빠져들게 됩니다. 이때가 집중의 문으로 들어가는 순간입니다.

'관심 스위치'를 누르는 방법도 효과적입니다. 아이들은 자신의 관심과 맞닿을 때, 또 경험한 것을 읽을 때 배경지식이 활성화돼 집중하게 됩니다.

"우리 지난번에 박물관 갔을 때 배고픈데 밥 먹을 곳이 마땅치 않아서 불편했던 적 있잖아. 기억나? (아이 반응 보고) 이 책 제목 보니까 그때 생각이 나서 빌려왔어. 《우리가 박물관을 바꿨어요》라는 책인데, 아이들이 노력해서 정말, 불편했던 부분을 바꿨대. 진짜 있었던 이야기를 동화로 만든 거래" 관심사를 대화 주제로 끌어올린 예입니다.

독서를 방해하는 환경을 바꿔보세요. 동기가 행동을 바꾸게 하는데, 환경도 마찬가지예요. 지금 당장 하고 싶은 것을 참고, 책을 읽기엔 점점 더 세상에 재미있는 것들이 많아졌습니다. 자기 조절력을 기를 수 있게 도와주세요. 자기 조절력은 특정한 목표가 있을 때 주의를 기울여 집중하고 올바르지 않은 것에 대해 충동을 억제해 행동하는 힘이에요. 아이 스스로 잘할 수 있을 때까지 부모가 '환경'을 조절해야 합니다.

"아이들에게 컴퓨터 게임 30분 하고 꺼"라고 말했다고 해 볼까요. 제시간이 딱 지키기 힘들 때가 많죠. 그럴 때는 알람을 설정해놓거나 시간이 되면 자동으로 꺼지게 하면서 조정해야 합니다. 자기 조절력은 근육과도 같아서 자꾸 연습하고 반복할수록 강해집니다. 아이 스스로 "오늘도 잘 지켰네"라는 뿌듯한 마음이 들 때 내적 동기로 작용해 더 열심히 하려고 하니, "약속 잘 지켰네. 기특해. 다음에도 또 노력해 보자"하며 격려해주세요.

컴퓨터와 스마트폰이 곁에 있으면 자꾸 눈길이 가게 되니 아이의 주의를 분산시키는 물리적 환경을 파악해서 제거해 보세요.

멀티태스킹 환경도 집중에 방해가 됩니다. 여러 가지에 눈길이 가고, 동시에 하는 것들이 많을 때 "난 멀티형 인간이야"라며 우쭐댈 수 있지만, 뇌가 코웃음을 칠지도 모르겠습니다.

동시에 여러 일을 처리할 수 있는 것처럼 보이지만, 뇌는 한 번에 많은 일을 처리하지 못한다고 해요. 여러 가지에 주의 집중하지 못한다는 거예요. 책에 집중하지 못하는 이유가 정리가 잘되지 않고 물건이 많은 책상 때문이라면, 필요한 것만 두고 정리해 보세요. 책을 자주 읽는 곳이 거실이라면 또 그 주변을 단조롭게 꾸미고 조용한 환경에서 책이 눈에 잘 들어올 수 있게 해주세요.

독서광인 아들이 책을 좋아하게 된 것도 5살 때 TV를 없앤 것이 계기가 됐어요. 자연스럽게 책에 눈길이 가더니 심심한 환경이 만들어지자 책에 관심을 두게 됐고, 자주 만나는 '절친'이 되어버렸죠. 꼭 읽어야 할 책이 있으면 '한두 권'만 눈에 보이는 곳에 두는 것도 좋습니다.

덜 피곤한 환경도 중요합니다. 아이의 하루가 학원과 과제 시간으로 꽉 차 있다면 조용한 자극에 가만히 귀 기울이고 심심할 여유가 없지요. 시간이 나면 쉬고만 싶을 테고요. '책 많이 읽었으면' 하고 바라지만 우리는 정작, 한 권을 읽어도 집중하지 못하는 환경을 만들고 있지는 않은지 살펴봐야 합니다. 무엇이 아이의 주의 집중력을 방해하고 있을까요? 어떤 환경에서 산만해지는지, 언제 몰입하는지도 관찰하세요.

### 독서를 방해하는 환경은?

|   | 방해 요소 | 구체적인 행동 전략 |
|---|---|---|
| 1 | 수면 부족 | 밤 10시 전에는 잠자리에 들게 하기 |
| 2 | 시간 부족 | 학원 시간을 줄이기(아이와 상의) |
| 3 | 정리되지 않은 방 | 방 청소하기 |
| 4 |  |  |

# ❸
# 최상위권의 공통점
# '교과서 제대로 읽기'

부모들이 많이 하는 걱정은 "학년이 올라갈수록 수업을 너무 어려워해요"라는 겁니다. 3학년이 되면 배울 과목 수뿐만 아니라 내용량도 많아지는 데다 읽어야 할 글의 길이도 꽤 길어집니다. 그림이 많고 비교적 읽을 것이 많지 않았던 1, 2학년 때와 비교하면 교과서 수준이 확 올라가니, 읽기 능력을 갖춘 아이와 그렇지 않은 아이는 교과서를 읽고 이해하는 것부터 격차가 벌어지게 됩니다.

또, 교사의 재량에 따라 다르지만, 단원이 끝날 때 서술형 평가를 치르는데, 제대로 읽지 못하니 쓰지도 못하는 웃지 못할 풍경이 펼쳐지곤 합니다. 그래서죠. 교과서를 제대로 읽는 것은 아이들의 학업과 직결됩니다.

초등 서술형 평가는 문제를 정확히 읽고, 비교적 짧은 문장으로 서술하게 합니다. 논술형은 알게 된 것에 자기 생각을 더하고, 주장을 쓰는 겁니다. 가령 '왜 그렇게 생각했는지 까닭을 쓰시오'라고 한다면 논술형으로 자기 생각과 함께 근거도 써야 합니다.

서술형 평가는 풍성하게 쓰기만 한다고 환영받지 못합니다. 서술형 평가 기준을 보면, '제시문을 정확히 이해하고 문제에서 요구하는 것을 조건에 맞춰 써'야 좋은 점수를 받을 수 있어요.

현직 교사가 출제한 서술형 문제 예시를 살펴볼까요. 3학년 2학기 사회 과목에서 배우는 '환경에 따라 다른 삶의 모습' 단원입니다.

**[1] 다음의 글을 읽고 물음에 답하시오.**

> 지윤이는 지난 여름 방학 때 가족들과 울릉도 여행을 다녀왔습니다. 그중 나리분지라는 곳에서 울릉도의 옛 집터를 보았는데, 겨울철 눈이 많이 내리는 울릉도에서는 눈이 지붕까지 쌓이기도 하여 눈이 많이 와도 집 안을 자유롭게 다닐 수 있도록 지붕의 끝에서부터 땅까지 '우데기'라는 벽을 만들었는데, 이러한 집을 '우데기집'이라고 한다는 설명을 들을 수 있었습니다.
> 교과서에서만 보던 우데기집을 실제로 보니 신기하기도 하고, 눈이 많이 와서 외출을 할 수 없더라도 집 안에서는 불편함 없이 살 수 있겠다는 생각이 들었습니다.

① 윗글에서 울릉도의 자연환경에 대한 설명을 찾아 쓰시오.

② 울릉도의 자연환경을 이용하여 만든 인문 환경을 찾아 쓰시오.

③ 다음과 같이 아래 고장에서는 왜 이런 집을 짓게 되었는지 자연환경과 연관 지어 쓰시오.

질문은 '제시문 이해 → 문제에서 요구하는 것 이해 → 조건에 맞춰 쓰기'라는 과정으로 이어집니다. 가령 위 문제에서 '수상가옥'에 관한 내용을 교과서로부터 배운 아이들이라면 이 배경지식을 바탕으로 조건에 맞춰 쓸 수 있을 겁니다. 중요한 내용을 요약하고, 자기 생각을 잘 표현하려면 연습도 필요하지만, 제대로 읽고 이해해야겠지요.

요즘 아이들은 할 일이 왜 이리 많은지 눈코 뜰 새 없이 바빠서 충분한 독서 시간을 확보하기 힘든 경우가 많지요. 책 한 권을 정확히 읽고 이해하는 시간을 가지기란 쉽지 않습니다.

하지만, 교과서를 어려워한다면, 단 10분이라도 함께 읽고 정확히 이해하는 시간을 가져보세요. 교과서는 최고의 교육전문가들이 발달단계를 고려해 만든 데다 설명하는 글, 주장하는 글, 편지글, 시까지 다양한 글로 구성돼 있습니다. 특징이라면 지면의 한계 탓에 여러 작품을 일부만 발췌해 실은 경우가 있으니, 한 편의 글을 온전히 읽고 이해하는 시간을 가지는 게 중요합니다. 이제 교과서 이해를 돕는 읽기 전략을 살펴볼까요.

미국의 독서 교육 전문가 프란시스 로빈슨이 제안한 'SQ3R' 독서 전략을 들어보셨나요? 2차 세계 대전 중 훈련병 교육 시스템으로 개발한 뒤에 그 효과가 널리 알려진 '학습을 위한 독서법'으로 지금도 많이 활용되고 있어요. 시간이 오래 걸려도 잘 이해하는 방법인데 교과서뿐만 아니라 다른 책을 읽을 때도 유용한 메타인지 읽기 전략이 됩니다. 다음과 같이 Survey(훑어보기)-Question(질문하기)-Read(자세히 읽기)-Recite(암송하기)-Review(복습하기) 단계로 읽는 것이죠.

| SQ3R | |
|---|---|
| 1. Survey(훑어보기) | • 제목, 목차, 표, 그림 살펴보기, 내용 예측해 보기 |
| 2. Question(질문하기) | • 궁금한 점을 떠올려 질문을 만들어보기 |
| 3. Read(자세히 읽기) | • 추측한 내용과 비교하거나 질문의 답을 찾으며 자세히 읽기 |
| 4. Recite(암송하기 / 되새기기) | • 읽은 내용을 자기 말로 표현해보기 |
| 5. Review(복습하기) | • 모르는 부분은 다시 읽어보며 복습, 세부 내용을 다시 읽기<br>• 읽은 것과 실제 생활 속의 예를 연결하며 학습 |

 

각 단계를 조금 더 구체적으로 알아보겠습니다. 1단계는 '훑어보기'입니다. 그림, 제목, 표와 같은 것을 쭉 훑어보고 추측해 보는 '미리보기' 과정입니다. 기차를 타듯이 전체를 훑어보며 알고 있는 것과 관련이 있는지 파악하는 과정입니다. 수업을 시작할 때 제목이나 목차를 살펴보고 단원명을 훑어보는데, 무엇을 배우게 될지 파악할 수 있고, 또 과목별로 학년에 따른 목차 구성을 전체적으로 훑어보면, 지금 배우는 것이 다음 학년에서는 어떤 주제로 이어지고

범위가 넓어지는지 파악할 수 있어요.

2단계는 훑어본 내용을 바탕으로 읽을 글과 관련해 자기 자신에게 질문을 던지는 '자기 질문' 과정이에요. '어떤 내용이 나오게 될까?' '어떻게 결말이 나게 될까?'처럼 궁금증을 가지고 읽는 것이죠. 학습 목표를 달성하기 위해 어떻게 읽으면 좋을지 생각하면 질문이 가리키는 곳을 나침반을 보며 찾아가듯이 따라가게 되니, 집중도가 높아집니다. 읽기 과정은 정해진 단계를 거쳐야만 하는 것은 아니니 각 단계를 넘나들며 읽어도 좋습니다.

3단계부터는 '자세히 읽기'입니다. 스스로 질문한 것을 떠올리며 세밀하게 읽습니다. '여기는 중요한 것 같아'라고 판단한 부분은 꼼꼼히 읽고, 주제와 핵심 문장을 파악하며 세부 내용을 구체적으로 이해합니다. "여기는 이해가 안 되네" 싶으면 다시 천천히 읽어보고, 쉬우면 빨리 읽으며 속도를 조절합니다. 중요한 부분은 밑줄을 긋기도 하고요.

그런데, 메타인지 전략에서 단순히 밑줄을 긋는 것은 효과가 크지 않다고 해요. 밑줄을 너무 많이 치거나 중요도를 크게 생각하지 않고 습관처럼 하다 보면 더 그래요. '가장 중요한 한 문장에만 밑줄을 쳐보자'라고 하면, 어떤 부분인지 결정하기 위해 생각하게 되니, 메타인지가 필요합니다.

초등학생은 어떤 내용이 중요한지 파악하는 연습을 하는 것 그 자체로도 의미가 있어요. '이 부분이 중요한 부분일 것 같아' 생각해 보고, 점점 밑줄을 줄여가는 연습을 하다 보면, 내용을 파악하는 능력이 향상되면서 중요한 부분을 찾는 것도 조금씩 능숙해질 수 있어요.

4단계로 가볼까요. 궁금해한 것에 대한 답을 찾은 후에 읽은 내용을 요약해 봅니다. 단순히 줄이는 것이 아니라 나의 언어로 다듬어 정리하고 읽은 느낌도 이야기해 봅니다. 메타인지는 안다고 생각했던 것을 말하거나 써 보는 과정에서 등장합니다. 읽은 게 잘 떠오르지 않으면 정리하지 못하고, 충분히 습득하지 못한 것이니 다시 읽어봅니다.

5단계는 복습 단계예요. 전체 내용의 흐름을 떠올리며 중요한 것을 기억하는지 살펴보고 세부 내용을 떠올려보며 다시 읽어봅니다. 세부 내용을 생각해 보고, 실제 생활 속의 예와 관련지어 보고, 노트 필기나 메모를 했다면 다시 읽어봅니다.

읽기 발달 단계는 여러 이론이 있는데, 대체로 2학년 때까지는 읽기에 흥미를 갖고 자연스럽게 소리 내어 읽고 의미를 이해하는 것에 집중한다면, 3, 4학년 정도가 되면 '읽기를 배우는 단계'에서 나아가 '배우기 위해 읽는 단계'로 넘어간다고 봅니다. 흥미 위주의 책에서 벗어나 사회, 과학과 같은 다양한 분야의 정보책을 접하며 독해력을 길러야 하는 시기라고 봅니다. 전체 내용을 파악한 뒤 요약해 보고, 작가가 책을 통해 말하고자 하는 것을 생각하고 비판하기도 하면서 점점 더 고차원적으로 읽습니다. 'SQ3R' 독서 전략은 교과서 읽기나 그 밖의 학습 독서, 그림책, 동화책을 읽을 때도 도움이 됩니다.

과목마다 읽기 전략은 조금씩 다릅니다. 사회는 그림, 사진, 표, 지도 같은 자료가 많은데, 본문 이해를 돕는 역할을 하므로 자료 읽기도 중요합니다. 과학은 개념과 원리를 아는 게 핵심입니다. 실험 과정을 자세히 읽고, 목적이 무엇인지, 왜 이런 실험 방법을 사용하는지, 그래서 어떤 결과가 나왔고 왜 이런 결과가 나왔는지를 이해해야 합니다.

학교에서는 다양한 방식의 읽기 전략을 배우지만, 문제는 배운 것을 일상에서 적용하는 아이가 일부에 불과하다는 겁니다. 부모가 효과적으로 읽는 방식을 알려주고, 아이 스스로 찾아 나가며 적용할 수 있게 해주세요. 그 과정에서 메타인지가 발달할 수 있고, 다음에는 '어떻게 읽어볼까?' 생각하며 자신만의 읽기 방식을 찾을 수 있어요.

공신들의 공부 비결을 보면, '교과서 중심으로 공부했어요'라는 말이 거의 공식이죠. 서울대 학생은 물론 그 안에서도 수능 만점, 의대 입시 5관왕까지 뛰어난 공부 실력을 지닌 사람들이 공부를 잘하게 된 계기와 비결을 설명합니다.

최석영 공부 마스터는 교과서 읽기 노하우를 소개하는데, 메타인지 읽기 전략을 잘 활용했어요. 우선, 책에 나온 모든 글자를 꼼꼼히 읽고 이해하기 위해 노력하며 '왜 그렇지?'라고 자기에게 질문을 던지며 내용을 이해하려 했다고 해요.

시간이 걸려도 한 번 볼 때 최대한 흐름과 인과관계를 이해하려고 했다는데 내용을 자연스럽게 기억하기 위해서였다고 합니다. 더 빠르게 공부하고 단시간에 많은 내용을 기억할 수 있었던 비결로는 '구조화 공부법'을 꼽았습니다. 주목할 부분은 '꺼내 보기'를 한 거예요. 공부한 내용을 보지 않고도 정확히 꺼내기 위해 글의 구조와 흐름을 제대로 익히고, 제대로 아는지 생각해 보면서 써 보거나 다른 사람 또는 자신에게 설명하는 연습을 하다 보면, 제대로 아는 것이 무엇인지, 모르는데 막연히 안다고 생각했는지 알아차릴 수 있답니다.

신유진 마스터는 '백지 복습법'을 활용했다고 해요. 아는지 모르는지 확인하기 위해 빈 종이에 쭉 내용을 적어보는 방식이죠. 내용을 머릿속에 집어넣는 것보다 '제대로 끄집어내는지를 점검하는 것이 더 중요하다'면서 다음과 같이 말합니다. "공부할 때 반복적으로 읽어서 안다고 생각하는 것과 진짜로 아는 것에는 큰 차이가 있습니다"

　제대로 읽고 정확하게 이해하는 읽기 습관이 최상위권으로 도약하는 결정적인 차이를 만듭니다.

# ④
# 독서 전, 중, 후에 숨겨진
# 메타인지의 비밀

아이들, 독서 활동 참 많이 하지요? 그림도 그려보고 독후감도 써 보잖아요. 독서 활동도 알고 보면 곳곳에 메타인지를 활용해 효과적으로 읽고 이해할 수 있게 한 장치들이 숨어 있다고 앞서 이야기했습니다. 읽고 이해하고 내용을 떠올려보고, 그림 그리기, 말하기, 쓰기는 메타인지 활동인 '출력하기'를 해 보는 과정이에요.

'독서 전/중/후 활동'은 그야말로 책을 읽기 전, 도중, 끝난 뒤에 하는 효과적인 활동입니다. 앞서 'SQ3R'에서 독서 전 활동으로 제목, 목차, 표지 그림을 보고 내용을 예상해 보는 과정이 있었죠.

질문하면 생각하게 되고, 호기심이 증폭됩니다. 집중하면 그때부터 독서의 세계로 초대됩니다. 예를 들어 바다에 관한 책을 본다고 해볼까요? 독서 전 활동으로 이런 질문을 할 수 있어요.

"(표지의 바다 그림을 보며) 어떤 내용이 나올 것 같은지 짐작해 볼까?"
"바다라는 제목을 보니 바다와 관련해 떠오르는 단어는 어떤 게 있니?"
"바닷속에 사는 동물은 어떤 게 있을까?"
"바닷속에 사는 것 중에 가장 좋아하는 건 뭐야? 좋아하는 이유는 뭐니?"

독서 전에 하는 질문은 어떤 영향을 미칠까요? 아이들은 질문하면 호기심을 품고 집중합니다. 배경지식도 활성화됩니다. 배경지식을 떠올리는 질문을 하면 관심도가 커지고, 기존에 알던 것과 머릿속 여러 장면을 연결하며 잘 이해할 수 있다는 장점이 있어요.

제목과 관련하여 내가 알고 싶거나 궁금한 점을 질문하고, 배경지식을 활성화하며 무엇을 알게 되었는지 생각해 보는 활동이 있어요. 바로, 독서 전/중/후 활동인 'KWL 전략'인데 이 또한 메타인지 활동을 하며 읽는 방법입니다. 이것은 알고 있는 것(Know)과 알고 싶은 것(Want to know), 새롭게 알게 된 것/배우게 된 것(Learned)을 적어보는 것입니다. 사실적 내용이나 정보를 담은 지식 정보책을 포함해 이해하기 어렵고 기억할 정보가 많은 비문학 독서, 교과서 읽기에 도움을 줍니다.

주제에 대해 '이미 내가 알고 있는 것'을 써 보면서 배경지식을 활성화했다면, 더 알고 싶은 것을 적어봅니다. 이는 읽는 목적을 정하는 것인데 능동적으로 읽게 하는 효과가 있어요.

읽은 뒤 새롭게 알게 된 것을 써 보면 '안다고 착각'했던 것을 점검하고 읽은 뒤에 알게 된 것을 회상하고 알게 된 것이 무엇인지 정리하면서 끊임없이 메타인지를 가동하게 하죠.

교과서에도 메타인지를 자극하는 질문이 글을 읽거나 활동한 뒤에 자주 등장합니다. '알고 있는 것은 무엇인가요?' '무엇을 알게 되었나요?' '더 알고 싶은 것은 무엇인가요?'와 같이 말이죠. 이런 질문이 눈에 들어오면 "아이가 더 잘 배우고 정확히 알아갈 수 있도록 메타인지를 깨우는 질문이구나"라고 생각해도 좋습니다.

| 메타인지를 기르는 KWL 전략 | | |
|---|---|---|
| 제목 | | |
| 읽기 전 | K-know<br>(알고 있는 것) | |
| 읽기 전 | W-want to know<br>(읽기를 통해 알고 싶은 것) | |
| 읽는 중 · 후 | L-learned<br>(새롭게 알게 된 것, 배우게 된 것) | |

독서 전/중/후 활동은 독서 과정 전체를 오가며 할 수 있어요. 생각의 과정은 읽는 순서에 따라 이뤄지기도, 다 읽고 나서 궁금하면 처음으로 돌아가 다시 읽어보기도 하는 것처럼 순서대로만 이루어지지 않으니까요. 읽는 도중에 무엇을 알게 되었는지 살펴볼 수 있어요.

책을 읽고 나서 하는 '독후 활동'은 그림 그리기, 쓰기, 말하기와 같이 다양한 형식으로 할 수 있어요. 독서에 흥미를 갖는 것이 중요한 저학년 때는 재미있는 활동 위주로 하고, 학년이 올라가면 제대로 읽고 자기 생각을 말하기와 글쓰기를 통해 정리하고 표현하는 단계로 발전시켜 나가보세요.

그런데, 독후 활동은 많이 할수록 좋을 것 같지만 꼭 그렇지만도 않다는 점을 염두에 두세요. 아이들이 매번 많은 분량의 글을 쓰거나 읽은 내용을 확인하기 위해 퀴즈처럼 문제를 내고 맞혀야 하는 상황이 자주 반복되면, 독서 자체를 즐기지 못하게 되기도 하니까요.

활동 수준이 너무 높은 데다 어려운 것을 매번 해야 하는 부담을 느끼면 독후 활동 자체가 목적이 되어버려 흥미를 잃을 수 있으니 저학년 땐 책에 대한 흥미를 높인다는 목적으로 즐겁게 접근하는 것이 좋습니다. 즐겁게 활동하면서도 생각할 기회를 만들 수 있어요.

예를 들어볼게요. 등장인물을 그린다면 "이 사람을 이렇게 표현한 이유가 있을까?" "OO이는 우리 가족 중에서 어떤 사람과 비슷한

점이 제일 많은 것 같니?"와 같이 자연스레 대화하며 생각을 끌어
낼 수 있답니다.

핵심은 즐거운 활동을 하면서도 아이가 책을 한 번 더 생각할 수
있게 인도하는 거예요. 책을 덮으면 금세 잊어버리기 일쑤인데, 이
처럼 읽은 내용을 회상하는 일은 기억을 강화하는 대표적인 메타
인지 활동이에요.

책을 워낙 많이 읽어서 다른 활동을 하지 않아도 충분할 때도 있
지만, 중학년과 고학년이 되면, 책을 읽고 생각을 나누는 활동을 할
수록 읽은 것을 생각하고 정리하는 시간을 가져보며 깨닫지 못했
던 것을 다시 알게 되기도 하고, 새로운 것을 배우는 과정에서 메타
인지 활동을 하며 독서 효과를 높일 수 있답니다.

독후감을 써도 마찬가지예요. 책 속 내용을 현실로 가져와 '나라
면 그 문제를 어떻게 해결할 수 있을지'를 생각하고 표현하는 것에
능숙해집니다. 다른 사람과 상호작용하며 책을 통해 느끼고 알게 된
것을 공유하면서 생각의 힘을 키울 수도 있죠. '쓰기'를 해 보는 것도
얼마나 잘 읽고 이해했는지 점검할 수 있고, 무엇을 알게 되었고,
어떤 생각을 하게 되었는지도 들여다보는 메타인지 과정이랍니다.

다음은 학년별 독후 활동의 예입니다. 학년에 딱 맞춰진 것은 아
니니, 독서 활동의 목적과 아이 관심, 흥미를 고려해 선택하게 해주
세요. 내용 파악을 위한 읽기 활동을 넘어, 소소한 독서 활동이라도

선택한 이유를 생각해 보면, 활동의 목적이 생기는 것이니 거기에 초점을 맞춰 적극적으로 참여할 수 있어요.

많은 아이가 배우고 경험할 때 "왜?"라는 질문을 하지 않습니다. 활동에 대한 목적과 의미를 알면 열심히 할 수 있어요. 밥을 먹었는데 후식이 때로는 더 맛있고 천천히 음미할 때 더 깊은 여운이 남을 때가 있습니다. 독후 활동도 즐거움을 느끼고, 내용을 한 번 더 되새기고, 인물과 한 번 더 만나 마음을 나누고, 책 속 상황을 나에게로 적용해 보며 생각의 힘을 기를 수 있게 해주세요.

## 메타인지 독서 팁- 독서 후 활동 예시

| | |
|---|---|
| 저학년 | • 등장인물 그리기<br>• 인상적인 내용 그림으로 표현하기<br>• 책 표지 꾸미기 (따라 그리기, 새롭게 만들기)<br>• 결말을 상상해서 바꿔 쓰기<br>• 이야기 장면 기차<br>  (중심 내용을 몇 개 쓰고 그림과 간단한 설명 쓰고 연결) |
| 고학년 | • 등장인물의 특징과 성격 살려 그리고 글로 소개하기<br>• 독후감 쓰기<br>• 주인공에게 편지쓰기<br>• 사건을 차례대로 쓰고 연결해 '글 흐름도' 정리<br>• 등장인물을 생각 그물로 표현하기<br>  (한 일, 성격, 나와 다른 점, 닮은 점, 생김새 등) |

아이의 성향과 수준을 고려해서 독서 활동을 조정해 보세요. 예를 들면, 자신만의 독서 목록을 작성해보고, 가장 인상 깊었던 문구를 써 보는 거예요. 메타인지가 발달한 아이는 중요한 내용을 선별하는 능력이 뛰어납니다. 나와 연결 지어 생각할 수 있는 '의미 깊은 문장'을 찾아보거나 그 이유를 되새기는 활동도 좋습니다. 다시한번 강조하지만, 독서는 단지 지식을 습득하는 일차원적인 목표를 넘어, 책과 나를 연결하고 책을 통해 의미를 찾는 것이 중요합니다.

모니카 페트의 《행복한 청소부》라는 책을 볼까요? 길거리 강연이 인기를 얻으며 대학교수 자리를 얻을 기회가 찾아오는 내용이 있습니다. 청소부는 현재의 일에 자부심을 느끼며 현재의 즐거움을 포기하지 않기로 합니다. 이 책은 물질적 풍요나 사회적 성공을 중요하게 여기는 요즘, 진짜 행복은 어디에 있는지 생각하게 합니다. 거창한 글을 써 보지 않아도 글의 주제를 생각하고, 내 마음을 두드린 '보석 문장'을 찾고 선택한 '이유'를 써 보면 행복의 의미를 깨달을 수 있고, 행복에 관한 내 생각도 정리할 수 있어요.

## 메타인지 독서팁- 책 속의 보석 문장 찾기

| 제목 | 행복한 청소부 |
|------|---------------|
| 작가 | 모니카 페트 |
| 나의 보석 문장 | "나는 온종일 표지판을 닦는 청소부입니다. 강연을 하는 건 오로지 나 자신의 즐거움을 위해서랍니다. 나는 교수가 되고 싶지 않습니다. 지금 내가 하는 일을 계속하고 싶습니다. 안녕히 계세요." |
| | 보물 문장으로 선택한 이유 : |

　문해력이 부족한 저학년은 마음에 드는 문구를 수집한다는 마음으로 책 내용을 떠올려보며 간단히 적어보는 것도 좋습니다. 중요한 것은 그냥 적지만 말고, 잠시라도 책 내용을 떠올려 왜 그 문장이 좋았는지 생각해 보는 거예요. 단 한 줄이라도 '왜 이 문장을 적었는가'를 생각하며 내 상황과 연결해 보면 내용이 정교화되어 의미가 깊어지고 오래 기억에 남아 이런 과정을 자주 반복할수록 메타인지 발달에 도움이 됩니다.

# ⑤
# 메타인지를 키우는
# '질문 대화'

《생각 깨우기》라는 책에 이런 말이 나옵니다. '자기 안에 물음표가 없어서 아무것도 묻지 못하는 사람은 건전지를 넣고 단추를 누르면 그냥 북을 쳐 대는 곰 인형과 다를 것이 없대. 그래서 '그냥'이 아니라 '왜?'라고 물어야 한대. 생각하면 할수록 훈련이 되어서 더 잘하게 될 수 있대"

우리 아이들은 어떤가요? "왜?"라는 질문을 던지며 생각하며 읽나요? 질문을 한다는 것은 생각한다는 말이죠. 좋은 질문이 좋은 대답을 끌어낼 수 있고 생각을 깊고 넓게 만들어줍니다. 부모의 생각을 들으면, 나와 다른 사람의 관점으로도 생각해 볼 수 있게 됩니다.

질문은 메타인지를 기르는 길입니다. 내가 어떤 생각을 하는지 살펴보고, 이 생각을 정리해 보며 무엇을 잘 모르는지 파악할 수 있으니까요. 또, 답을 하려면 생각을 되뇌어보거나 책을 반복해 읽어보고, 답을 찾으려고 방법을 찾게 되니, 메타인지를 자꾸 써 보게 되는 것이죠.

자칫, 책을 읽고 질문하는 게 '얼마나 아는지 답을 확인'하는 것처럼 비추어지면, 아이들은 보통 흥미를 잃어버립니다. 이럴 때 질문 대화를 해 보세요. 대화는 말이 오간다는 것을 뜻합니다. 질문 대화를 하면, 부모가 일방적으로 질문하며 답을 듣는 것보다 각자 질문을 만들고 서로가 만든 질문을 비교하고 만들어보면서 익숙해질 수 있습니다.

이것은 둘씩 짝지어 대화, 토론, 논쟁하는 유대인 교육 방식인 '하브루타' 과정이기도 합니다. 배려와 존중을 바탕으로 한 소통이 특징이에요. 부모가 일방적으로 묻고 답하지 않으며, 자연스럽게 궁금한 점을 질문하고 대답하며 소통한다고 생각하면 어렵지 않습니다.

국어 교과서에는 질문 만들기 활동을 하며 친구들과 묻고 답해 보기를 합니다. 예를 들어 《저승에 있는 곳간》을 읽고 아래 표와 같은 질문을 만들 수 있어요.

질문 형태는 다양하지만 자주 나오는 질문 형식을 꼽자면, '사실 질문' '추론 질문' '적용 질문'입니다. 질문의 단계가 높아지면서 생각도 깊어집니다.

| 질문 유형 | 질문에 대한 설명 |
|---|---|
| 사실 질문 | • 사건이 어디에서 시작되었나요?<br>• 등장인물은 누구인가요? |
| 추론 질문 | • 원님은 왜 허름한 선비의 모습으로 변장하고 덕진의 주막을 찾아갔을까요?<br>• 원님이 덕진에게 열 냥을 빌렸을 때 원님은 어떤 마음이 들었을까요? |
| 적용 질문 | • 자신이 만약 덕진이라면 처음 본 사람에게 큰돈을 빌려줄 수 있을까요? |

'사실 질문'은 말 그대로 내용 안에 답이 있는 질문입니다. 육하원칙에 따라 물어도 좋고, 시대적 배경, 주요 사건, 등장인물의 행동과 같이 이야기의 3요소에 따라 질문해도 좋습니다.

집에서 책을 읽고 질문하다 보면 "엄마, 그만 좀 물어" 하며 부담스러워하는 아이도 있습니다. 그래서 책은 그냥 읽게 해야지 자꾸 내용을 캐묻지 않아야 즐겁게 읽게 된다는 이야기를 많이 합니다. 저도 같은 생각입니다. 하지만 여기에는 전제가 있습니다. 책을 덮자마자 생각할 시간을 주지 않고 물었다면 아이로서는 생각할 시간을 갖지 못한 셈입니다. 아무리 사실적인 내용을 물었다 해도 내용을 떠올릴 시간을 주어야 합니다.

아이들은 질문 그 자체가 아니라 질문에 답을 잘하는지 평가하는 게 싫은 거예요. 사실 질문의 경우 목적을 알고 질문하되, 잘 기억하지 못할 때 편안하게 답을 찾을 수 있게 도와준다면 아이가 질문할 때마다 싫은 기색을 보이지는 않을 겁니다.

질문을 하는 진짜 목적을 되새겨봅시다. 가장 큰 목적은 바로, 질문하고 답하면서 내용을 '잘 이해했는지' 파악하기 위해서예요.

답을 잘하지 못한다면 집중하지 않았거나 이해하지 못했을 가능성이 큽니다. 그러면 '엄마랑 읽으면서 답을 찾아볼까?'와 같이 답 찾는 과정을 함께하거나, 아이가 재차 읽고 그 부분을 집어낼 수 있게 해주세요. 당장 답을 맞히는 것보다 이런 질문으로 아이가 글을 이해하기 위해 어디에 집중해야 하는지 알아갈 수 있도록 연습하는 것이 더욱더 중요합니다.

혼자 독서할 때도 등장인물은 누구인지, 중요한 사건은 무엇인지 생각하며 읽으면서 내용을 잘 이해하는 힘을 기를 수 있게 돕는다고 생각하면 좋겠습니다.


'추론 질문'은 사실 질문보다 심화한 질문입니다. 책 내용을 바탕으로 하되, 드러나지 않은 내용을 짐작하게 하는 질문이에요. '왜~했을까요?' '까닭은 무엇일까요?' 같은 형식이에요. '이해'를 한다는 것은 글 이면의 의미를 파악하면서 더 깊어질 수 있어요. 등장인물의 말과 행동을 근거로 해서 추론할 수 있죠. 책 속에서 답을 찾지 않아도 좋습니다. 오히려 답이 없으니 생각을 깊게 할 기회가 됩니다.

독서의 목적 가운데 하나는 '읽은 내용을 삶에 적용하는' 힘을 기르는 데 있습니다. '적용 질문'은 '만약 나였다면 어땠을까요?' 또는 '어떻게 했을까요?'와 같이 만약 주인공이 처한 상황과 같다면 나 또는 우리는 '어떻게 할지' 상상해서 적용해 보는 것입니다. 자기 상황에 대입해보며 공감할 수 있고, 문제해결력을 기르는 데도 도움이 됩니다.

편안한 분위기에서 질문 대화를 하다 보면, 아이는 질문을 체화하게 됩니다. 나중엔 혼자 책을 읽을 때도 다양한 질문을 쏟아내며 읽을 수 있게 됩니다.

그런가 하면, '이야기가 주는 교훈은 무엇일까?'와 같이 전체 내용을 떠올려보며 이해하는 과정을 거친 끝에 내용을 '종합'해 보고, 지은이가 전하고 싶은 중요한 메시지를 생각하고 '평가'하는 질문을 던질 수 있어요. 예로, 등장인물이 했던 행동은 옳은지, 중요하다고 생각한 '노력'이나 '정직' 같은 가치가 실제로 우리 일상에서도 그런지, 아니라면 어떤 경우인지 평가하며 생각해 볼 수 있어요.

질문 대화는 수업 때 많이 하니 가정에서도 대화하듯이 자연스럽게 해 보세요. 이때 부모가 내용을 잘 아는 책으로 질문하면, 질문의 질이 높아집니다. 무엇이 중요한지 알고, 자기 경험과 연결돼 있어 핵심적인 질문을 던지며 아이 생각을 끌어낼 수 있기 때문이에요. 어디에선가 본 이 말이 기억에 남습니다. '엄마의 좋은 질문이 아이를 성장시킵니다. 문제를 해결하는 방식도, 문제 해결에 쓰이는 언어도, 결국은 아이들과 가장 친숙한 엄마의 언어와 직결됩니다' 이 문구를 떠올려보세요.

　질문이 중요하다는 건 알지만 학교에서도 부모에게도 입을 꾹 다무는 아이가 있어요. 왜 그럴까요? '모르는 것은 부끄러운 거야' '틀리면 어떡해!' 하는 걱정 때문이에요. 다음과 같이 '질문'이 자연스러운 분위기를 만들어보세요. 쉽게 해 볼 수 있는 것을 몇 가지를 소개합니다.

## 🎯 질문에 반응하고 칭찬하기

　'질문하는 아이'를 긍정적인 자기 개념화로 이어질 수 있도록, 질문하면 반응하고 칭찬해주세요. 한계 없는 질문을 환영하며 귀 기울이고, 엉뚱한 질문을 해도 "남다른 생각을 하는구나"라는 생각으로 바라보면 칭찬할 일이 많아집니다. "질문이 참 재미있네" "그런 생각은 어떻게 하게 됐어?" 반응만 열심히 해도 신나서 꼬리에 꼬리를 무는 질문을 던질 거예요.

 ## 질문 되묻기

"물으면 빨리 답해줘야 하는데 쉽지 않아요" 하는 분들이 있어요. 답을 다 알려주지 않아도, 천천히 답해줘도, 아이가 답을 찾도록 해도 좋습니다. 공부든 독서든 모르고 궁금한 부분이 있어야 호기심이란 추진력으로 더 힘차게 탐색해 갈 수 있는데, 우리는 너무 빨리 답을 찾는 데 익숙합니다. 호기심이 독서로 또 공부로 이끄는 동기가 됩니다. 아이들은 진짜 궁금하지 않아도 부모와 대화 나누고 싶을 때 질문으로 말을 건네는 때도 있답니다.

"엄마, 바람이 왜 나무를 마구 흔들고 갔을까?"

"음… 왜 그럴까? 엄마도 궁금하네"

"내 생각엔 말이야… 친구 하자고 말을 건 것 아닐까? 바람은 말은 못 하니까. 툭툭 치면서 자기가 거기 있다고 바라보게 한 거야"

'되묻기'만 해도 스스로 생각하게 됩니다.


## 열린 질문하기

"콩쥐가 나빠? 팥쥐가 나빠?"

"팥쥐!!"

이처럼 '예', '아니오'나 한가지 답이 나오게 하는 것을 '닫힌 질문'이라고 합니다. '왜?'와 '어떻게'라는 말로 질문을 열면 생각을 자유롭게 펼칠 수 있어요.

"그 사람은 왜 그렇게 행동했을까?"

"어떻게 그런 생각을 하게 됐어?"

"왜?"라는 질문에 처음엔 쉽게 답하지 못하더라도 생각도 훈련이라서 자꾸 하면 잘할 수 있게 됩니다. 정답이 아니어도 좋아요. 주관적인 생각과 감정을 말할 수 있게 해주세요. 다양하고 독특한 생각을 이끌어 '확산적 사고'를 촉진할 수 있어 창의성 향상에도 도움이 됩니다.

친숙한 분위기에서 편하게 질문하고 대화하려면, 그림책을 읽고 질문하며 대화해보세요. 그림책은 편하고 즐겁게 읽을 수 있는 데다 비교적 내용을 파악하고 등장인물에 공감하기도 쉬워서 작가와 상호작용하며 대화하는 듯한 느낌이 들기도 합니다.

작가는 사람들이 궁금해할 만한 것을 그림으로 전하기도 하니 작가가 전달하고 싶은 생각을 글과 그림 속에서 보물찾기하듯 찾아보는 재미가 있습니다. 특히, 아이들의 호기심을 끌어낼 만한 장면들이 참 많습니다. 그러니, 질문을 생각해 보는 시간도 아이들이 즐거워합니다.

책의 첫인상은 당연히 표지죠. 그림책은 표지를 보는 재미가 있어요. 그 그림에도 작가의 다양한 의도가 담겨 있습니다. 강조하고 싶은 부분을 그려놓기도 하고 주인공의 결말을 암시하기도 하며 인물들 개성이 드러나는 장면까지 보여주죠. 표지를 보며 질문을 쏟아낼 수 있어요. "이 그림을 통해 작가가 무엇을 말하려고 하는 걸까?" "이 그림은 무얼 의미하는 걸까?"처럼요. 이야기를 예측하고 읽으면 궁금했던 것에 집중해 "그래서 그랬구나" 알아가는 재미가 쏠쏠합니다. 그림을 해석하며 재미있게 읽고 이해해 본 아이는 다른 그림책을 볼 때도 그림과 글이 함께 풀어내는 이야기에 관심을 가지게 됩니다.

《슈퍼거북》의 예를 들어볼게요. 표지에는 '빠르게 살자'라고 적힌 흰 천을 이마에 두른 거북이 꾸물이가 비장한 표정으로 정면을 바라보고 있어요. 느린 거북이가 왜 '빠르게 살자'라고 다짐했을지 표지를 보면 궁금증이 생깁니다. 결말이 어떨지도요.

표지 안에는 '면지'라는 공간이 있어요. 거북이가 비장한 표정으로 땀을 흘리며 열심히 달려 토끼를 따라잡는 모습이 그려져 있고, 또 다른 면지에는 평화로운 표정으로 정원을 가꾸고 수영하고 낮잠도 즐기며 여유로운 일상을 보내는 모습이 그려져 있죠.

각기 다른 두 개의 면지 속 그림을 통해서 왜 이렇게 다른 상황을 보여주고 있는지 질문하며 읽으면 더 큰 재미가 있어요. 이제부터 그림책을 볼 때도 작가가 무슨 이야기를 들려주고 싶은지 생각하며 읽어보면 좋겠습니다. 그림의 색채, 형태, 배치도 다 작가 생각이 담겨 있어요.

다음은 《슈퍼거북》을 읽고 해 보는 질문 놀이에요. '진행자가 되어 질문하면 훨씬 적극적으로 참여하게 된답니다.

## 진행자가 되어보는 질문 놀이

질문하려면 책을 제대로 읽고 이해해야 합니다. 질문을 찾으려고 더 주의 깊게 내용을 살펴보고 생각하게 되지요. 내용 확인을 위한 질문과 등장인물의 마음을 추론할 수 있는 질문까지 다양하게 만들어보세요. 부모가 만든 질문을 참고해 '다음에는 저렇게 만들어봐야지'라면서 더 높은 수준의 질문을 만들 수도 있어요. 질문 놀이를 시작해 볼까요?

❶ 책 선정하기 : 사전에 합의해 질문 놀이를 할 책 《슈퍼거북》을 정한다.

❷ 진행자 선정 : 가위바위보를 해서 진행자를 정하거나 자발적으로 참여해도 좋다.

❸ 질문 적기 : 여러 개의 질문을 종이에 적고 접은 뒤 섞는다.
　　　　　 (카드 뒤에 질문을 적고 골라보는 것도 좋다)

## 질문 예시

　**Q** 주인공 마음을 예상해 볼 수 있는 질문

**Q** 주인공 행동의 이유를 추측해 보는 질문

**Q** 결말 후에 어떤 내용이 이어질까 물어보기

**Q** 대화를 가리키며 왜 이런 말을 했을지 질문

**Q** 내가 그 상황이라면 어떻게 했을지 질문

❹ 질문 뽑기 : 돌아가며 한 명씩 질문 종이를 뽑아서 진행자에게 건네준다. 뽑은 사람은 이 종이에 적힌 질문에 답해야 한다.

❺ 진행자가 질문하기 : 받은 종이를 펼쳐서 건네준 사람에게 질문을 읽어주면 질문 종이를 뽑은 사람이 답한다.

## 질문 예시

**Q** 다른 사람에게 관심을 받으려고 열심히 노력하는 꾸물이의 모습을 봤는데, 다른 사람의 기대를 충족시키는 게 이렇게 중요한 걸까요?

**Q** '나다운 것'은 뭘까요?

**Q** 거북이 꾸물이는 토끼와의 경주에서 졌는데 그날 밤 단잠에 빠질 수 있었던 이유는 뭐라고 생각하나요?

# ⑥
# 길고 복잡한 글을
# 정확히 읽을 수 있는 '구조화 독서'

한 방송에서 모델하우스 탐방이 취미라는 한 가수의 남편이 "도면 좀 볼 수 있을까요?"라고 말하는 장면이 나오더라고요. 집 도면을 계속 보다 보면, "이런 점이 집의 장점이구나" "여기에 이런 공간이 들어오면 좋겠어"라는 생각이 빠르게 떠오릅니다. 여러 번 반복해 보면, 눈을 감고도 집 구조가 떠오를 정도로 훤해집니다.

글도 다르지 않습니다. 글의 짜임새가 눈에 들어온다는 것은 글의 구조에 대한 지식이 생긴다는 말이에요. 읽기 능력이 뛰어난 아이들은 길고 복잡한 글을 읽을 때 글을 이루는 뼈대라고 할 구조를 잘 보는 초강력 시야가 있는 것과 같습니다. 길고 복잡한 글을 읽다 보면 이해도 잘되지 않고 "아까 뭐라고 했더라" 하며 잊어버리기에 십상인데, 이때 구조화하며 읽으면 잘 이해할 수 있어요.

'구조화'라는 것은 어떤 의미일까요? 한마디로 글 구조와 핵심을 파악한다는 거예요. 시험 볼 때 시간이 한정돼 있으니 빠르고 정확하게 읽는 능력도 실력인데, 구조화하며 읽기는 무척 효과적입니다.

먼저 제목을 읽고, 전체 내용을 훑어보면서 글의 종류가 무엇이고, 어떤 내용이 나오겠다는 것을 예측하면 글에 집중하는 힘이 생깁니다. 그다음 글을 자세히 읽어봅니다.

3학년에 들어오면 교과서에서 '설명하는 글'을 예시로 '문단의 짜임'을 배웁니다. 문단이 모여서 하나의 큰 주제를 이루고 이것이 곧 한 편의 글이 된다는 것이지요.

중심 문장과 뒷받침 문장을 찾는 활동이 있습니다. 한 문단에는 문단의 내용을 대표하는 중심 문장이 있어요. 이때 뒷받침 문장은 중심 문장을 자세히 설명하거나 예를 들고 있어요. 이를 파헤치면 글의 장막이 걷히며 전체 글의 모습이 드러납니다.

무엇이 중요한 문장이고 핵심어인지 구분하는 연습을 하며 기억하고, 이어지는 내용도 같은 방식으로 핵심을 파악하면, 내용을 머릿속에 정리하기 수월해집니다.

주의를 기울여 읽어 나가며 글의 구조를 예측해 보고, 어휘나 문장을 하나하나 기억하지는 못해도, 핵심 어휘를 머리에 새기며 읽는 연습을 꾸준히 하면 장기기억 공간에 오래 남을 수 있어요. 이 또한 제대로 읽고 이해하기 위한 메타인지 읽기 전략이라고 할 수 있지요.

점점 다양한 구조의 글을 접해 여러 구조에 익숙해지면 복잡한 길도 빨리 찾아갈 수 있게 해주는 내비게이션처럼 어떤 글도 잘 이해하고 읽는 속도까지 높일 수 있어요.

글의 주제를 효과적으로 전달하기 위해서 다양한 구조가 활용됩니다. 지식과 정보 제공을 목적으로 한 책의 경우에는 비교, 원인과 결과, 문제를 제시하고 해결하는 구조가 많습니다. 효과적으로 설명하려는 방식이죠.

다양한 구조의 글을 접하고, 여러 구조에 익숙해지다 보면 이해도 잘 되고 읽는 속도도 조금씩 빨라질 수 있어요. 예를 하나 들어볼게요. 일기예보를 보면 지역별로 날씨를 설명하죠. 이때 전국의 날씨를 열거하기도 하고, 서울과 부산 날씨를 대조하기도 합니다. 열거하고 대조하는 구조를 알면 내용이 쏙쏙 들어옵니다.

수능 국어에서 긴 지문을 만났을 때도 이렇게 구조를 파악하며 읽는 연습이 잘되어 있다면, 낯설고 복잡한 글이 나와도 헤맬 일이 적습니다. 이때 핵심 내용은 옆에 키워드처럼 간단히 적어 놓으면, 나중에 그 글 위주로 읽어도 내용이 잘 떠오릅니다.

간혹 학부모님들이 "독해력이 안 늘어서 고민인데, 독해 문제집을 풀어야 하나요, 긴 책을 읽어야 하나요?"라고 물으세요.

독해 문제집에는 다양한 종류의 글이 있고, 그에 따라 다양한 구조를 접할 수 있는 데다가 그리 길지 않은 글을 읽으며 제대로 읽고 이해하는 연습을 반복할 수 있어요. 글 안에서 중요한 문장을 찾는 것에 익숙해져 읽기 연습을 하는 데 도움이 됩니다.

독해 문제를 푼다는 것은 '나 다 알아'하는 착각에서 벗어나게 해 준다는 장점이 있습니다. 문제를 푼다는 것은 읽은 내용을 다시 한 번 떠올려보며 생각을 정리하게 하는 효과가 있죠. 머릿속에서 꺼내어 확인해 보는 과정이 메타인지를 쓰는 활동이란 거 이제 아시죠? 이때 '기억이 안 나네' '제대로 이해를 못 했네'하는 것을 알게 됩니다. 문제의 답을 생각하며 중요하다 싶은 부분을 찾아 주의 깊게 다시 읽어보게 되니, 내용을 다시 떠올리며 기억하게 되는 효과가 있습니다.

하지만, 이것도 답을 찾는 기술에만 열중하면 "다 맞았어"하는 결과에 집중해 글을 얼마나 이해했는지 살펴보지 않는다면, 수준 높은 독해력을 기르기 힘듭니다. 글 일부분만 읽다 보면, 글의 의미를 전체 맥락 안에서 이해하기 어렵고, 전체 글을 통해 글쓴이가 전하고자 한 메시지, 즉 주제를 꿰뚫어 보기 어렵다는 단점도 있어요. 전체 글을 읽고 이해하는 경험을 하는 게 그래서 중요합니다. 전체 글을 통해야 저자 의도를 알아낼 수 있게 됩니다. 글에 명시되지 않은 의미까지도 파악하는 것이 학년이 올라갈수록 점점 더 중요해지는 고차원적인 독해력을 기르는 방법입니다.

　문학작품도 구조를 알면 이해하는 데 도움이 됩니다. 소설의 구성 요소는 크게 주제와 배경입니다. 배경엔 인물과 사건이 포함돼 있어요. 좀 더 자세히 보면 발단/전개/위기/절정/결말과 같은 구조로 이뤄진 이야기가 많으니 여기에 주의를 기울여 읽다 보면 전체 흐름 속에서 주제를 파악하는 것도 도움이 됩니다.

　특히, 소설은 사건을 이야기로 전개하는 장르니, 인물의 특징을 파악하고, 성격과 역할에 따라 어떤 갈등과 사건이 펼쳐지는지 살펴봐야 합니다. 갈등의 원인을 파악하고, 어떻게 해결하는지 따라가 보면 갈등의 해결 과정을 통해 작가가 말하려는 것, 즉 '주제'도 파악할 수 있어요.

　소설은 등장인물이 갈등을 헤쳐나가며 해소하는 과정을 통해 지혜와 교훈을 줍니다. 전래동화에서는 권선징악이 주제로 자주 등장합니다. 선한 사람은 좋은 결말을 맞고 악한 사람은 벌을 받게 되는 것처럼, 많이 나오는 구조를 염두에 두고 그런 흐름을 예상하며 읽을 수 있어요. 자연스러운 이야기 흐름에 생각을 맡기고 몰입하면 얼마나 재미있을까요.

　소설을 자주 접하다 보면, 인물에 몰입하고 그 인물이 사건을 어떻게 풀어가는지에 빠져들게 됩니다. '다음에는 어떤 일이 펼쳐질까?' 궁금해하며 읽게 되고, 그러다 보면 글 흐름이 쏙쏙 머리에 들어옵니다.

글의 구조를 잘 몰라도 제목이나 글의 특성을 생각하면 내용 전개를 예측해 볼 수 있어요. 예를 들어 《80일간의 세계 일주》를 읽는다면, 제목만 봐도 '이 책은 세계를 돌며 일어난 일을 쓴 소설이구나' 생각할 수 있겠죠? 그리고 나서는 '어떤 나라를 갔을까?' '각 나라를 어떻게 묘사했을까?' '방문한 나라에서는 어떤 사건이 일어났을까?' 같이 중요한 내용을 예상하며 읽을 수 있지요. 중요한 흐름을 놓치지 않으면 책을 덮고 나서도 기억에 잘 남습니다.

글의 목적을 생각하며 읽는 것도 구조화 읽기의 방법입니다. 이에 따라 읽기 방식을 조정할 수 있으니까요. 교과서에선 글 목적에 따라 다른 읽기 방식에 관해서 설명합니다. 4학년 1학기 국어 교과서를 예로 보면 '책 내용을 간추리고 생각 나누기'라는 걸 하는데, 이런 설명이 곁들여져 있어요.

"설명하는 글은 설명하는 대상을 중심으로 중요한 내용을 정리한 뒤 관련 있는 내용을 덧붙이며 간추려요. 그리고 이야기 글은 인물이 한 일을 생각하며 사건의 흐름에 따라 간추려요"

설명문이면 정보 전달을 위해 쓴 글이고, 논설문은 설득을 위해 쓴 글이니 글의 목적을 알면, 저자의 처지가 돼 그 목적에 따라 이야기를 전개하리라는 걸 예상하고, 거기에 초점을 맞출 수 있지요. 그럼 인물 관련 책은 어떻게 읽으면 좋을까요? 인물의 성장 과정과 업적을 시간순으로 읽으면 효과적이랍니다.

중요한 내용과 구조를 기억하면 내용을 다시 떠올리기 훨씬 수월하니 '요약'하는 데도 도움이 됩니다. 요약하기는 메타인지 능력이 상당히 필요합니다. 많은 내용 가운데에서 더 중요한 것과 덜 중요한 것을 구분할 수 있어야 하고, 나만의 언어로 표현하려면 기억하고 이해하고 정리해서 밖으로 끄집어내야 하니까요.

긴 글에서 덜 중요한 부분을 삭제하며 마지막에 중요한 내용만 남기는 식으로 요약하기를 연습할 수도 있어요. 이 과정에서 메타인지 전략을 활용해야 합니다. 입력하고 정리하고 꺼내는 과정을 거쳐야 하니까요.

학교에서는 저학년 때 내용 간추리기를 하다가, 고학년이 되면 단순히 내용을 줄이는 단계를 넘어 더 중요한 내용을 선별해 중심 문장을 담고 자기 언어로 정리하며 '요약'해 봅니다. 무엇이 더 중요하고 덜 중요한지 생각하고 판단하는 과정인데다 핵심적인 내용을 담아 다른 사람이 읽어도 중요한 내용이 포함될 정도로 잘 정리해야 합니다.

저학년에 '요약'하기를 잘하기란 쉽지 않습니다. 하지만 연습하면 됩니다. 글을 읽으면서 구조를 파악하고 문단별로 핵심 내용을 정리하는 연습을 해 보거나 처음, 중간, 끝으로 나누어 핵심 내용을 정리하고 마지막에 연결해 보는 것도 좋습니다. 장소나 시간 변화에 따라 일어난 사건을 순서대로 써 보거나 이 책이 무엇을 쓴 글인지 간단히 세 줄 쓰기를 해 보는 것도 무척 효과적입니다.

# ❼
# 소리 내어 읽기와
# 기억력

"여기 내가 읽어볼게, 엄마는 여기 읽어줘"

저는 자주 아이들과 책을 번갈아 소리 내어 읽는데, '듣는 독서'와 '소리 내어 읽기' 효과를 동시에 볼 수 있어서 참 좋았습니다. 소리를 내어 읽으면 학습 효과도 좋다고 합니다. 인간은 기억에서 벗어날 수 없는데 학습이라는 것도 결국, '기억력'과의 끝없는 싸움입니다. 잘 기억할 수 있어야 진정한 학습이라고 할 수 있으니 말이죠.

이와 관련한 한 실험을 살펴볼까요. 캐나다 워털루대학의 콜린 매클라우드 심리학 교수 연구팀이 95명을 대상으로 실험을 진행했어요. 글로 쓰인 정보를 4가지 방법으로 내용을 기억하게 하고 얼마나 잘 기억하는지 테스트를 했지요.

① 소리 없이 읽기
② 남이 읽어주는 것을 듣기
③ 자신이 읽어 녹음된 것을 듣기
④ 직접 소리 내어 읽기

어떤 결과가 나왔을까요? 눈치채셨나요? 바로, 소리를 내어 읽는 것이 기억 효과가 가장 컸다고 해요. 콜린 교수는 이 결과를 두고, "학습과 기억은 적극적으로 개입해야 효과적으로 이루어진다는 것을 보여준다"라고 했어요. 소리 내어 읽기가 바로 그 과정이고요.

한 방송에서도 '눈으로 읽기'와 '소리 내어 읽기'를 한 뒤 얼마나 기억을 잘하는지 실험을 했어요. 대학생 60명을 대상으로 두 개의 조로 나누어 20분간 시집을 읽고 시험 문제 형식으로 기억력 테스트를 했는데 어떤 결과가 나왔을까요? 낭독을 한 팀에서 고득점자가 더 많이 나왔고 평균 점수도 높았어요.

이처럼, 소리 내어 읽기는 '묵독 한 번'을 하는 것보다 더 학습효과가 좋다고 합니다. 왜 그럴까요? 공부할 때도 읽는 것뿐 아니라 쓰기를 하면서 적극적으로 공부하는 게 더 잘 기억할 수 있는 것처럼, 독서도 눈과 귀를 동시에 사용하며 신체 감각을 다양하게 활용할수록 오래 기억할 수 있고 집중력도 높아진다고 해요.

세계적인 과학자 가와시마 류타 교수는 아이들을 대상으로 무엇을 할 때 뇌가 가장 활성화되는지 실험했어요. 컴퓨터 게임을 할 때, 단순한 계산을 할 때, 글을 조용히 묵독할 때, 그리고 글을 소리 내어 읽을 때를 비교했는데, 언제 뇌가 가장 활성화되었을까요? 짐작했겠지만, 바로 소리 내어 읽는 '음독' 때였어요. 이때, 무려 뇌의 20~30%나 활성화했다고 해요.

<학습과학>에서는 소리 내어 읽을 때 학습효과가 높은 이유에 대해 일종의 '생산 효과'가 작용했기 때문이라고 설명합니다. 이것은 새로운 정보로 즉시 무엇인가를 제작(산출)함으로써 나타나며, 정보가 다른 정보의 간섭을 받아 흩어지지 않게 마음에 묶어두는 효과를 발휘한다고 말합니다. 그러면서 생산 효과를 유발하는 3가지 과정을 이렇게 설명합니다.

첫째, 능동적인 활동으로 이루어지는 것이며 둘째, 시각적 처리를 거쳐 단어들이 눈에 들어오게 되고, 셋째, 소리 내어 읽으면 자기 자신에게 말하는 효과가 있어서 이렇게 여러 감각을 종합해서 배우면 뇌에 더 많은 연결을 만들어낸다고 말합니다. 그래서 배운 내용이 장기기억으로 가기 쉽다고 해요.

그런데 "소리 내어 읽으라고 하면 안 틀리는 것에 집중해서 내용이 더 기억이 안 난대요"라며 걱정하는 분도 있습니다. 그럴 수 있어요. 글이 길고 복잡해지면 문장 하나하나 집중해 소리 내어 읽을 때, 의미를 이해하는 데 오히려 집중하지 못하는 경우가 생기고, 너무 천천히 읽어도 글에 대한 이해의 흐름을 방해할 수 있어요.

아이에 따라, 여러 번 묵독하는 게 더 이해가 잘되고 조용히 자기 경험과 연결 지으며 구체적 상황을 떠올려볼 때 기억을 훨씬 잘하는 예도 있어요. 읽는 속도와 이해하는 속도가 크게 차이 나는지 살펴보며, 묵독을 하는 게 더 효과적이라면 소리 내어 읽기와 병행해 보세요.

책을 읽어주는 것도 다양한 장점이 있어요. 《하루 15분, 책 읽어주기의 힘》의 저자 짐 트렐리즈는 아이에게 책을 읽어줄 때 세 가지 중요한 일이 각별한 노력을 기울이지 않아도 저절로 일어난다고 이야기합니다.

① 아이와 책 사이에 즐거움이라는 끈이 연결된다
② 함께 책을 읽으며 부모와 아이가 같이 배운다(이중 학습)
③ 단어를 소리와 음절의 형태로 아이의 귀에 쏟아붓는다

책을 읽어줄 때 제가 가장 많이 느끼는 감정은 '아이와 연결된다는 행복감'이에요. 아이도 '내가 읽고 있는 부분을 엄마, 아빠도 같이 읽고 있구나'라는 동질감을 느낄 수 있고요. 재미있는 부분에서는 함께 깔깔대고, 슬픔을 느끼는 대목이 나올 때는 마음 아파하며 교감할 수 있어요.

책을 읽어줄 때의 뇌파를 봐도, 안정감을 주는 알파파가 증가한다고 해요. 정서와 뇌 발달에 도움이 됩니다. 의성어와 의태어가 많이 있는 책을 골라 리듬감을 살리고 억양도 다채롭게 읽어주면 아이들은 말의 생동감에 귀를 쫑긋 열고 상상의 나래를 펼치게 됩니다.

동화계의 거장 안데르센도 문학을 동경했던 아버지가 안데르센에게 희곡과 라퐁텐의 우화, 《아라비안나이트》를 즐겨 읽어주었다고 해요. '함께하는 독서'를 통해 부자의 유대감은 더욱 깊어질 수 있었던 것이죠.

독일 문학계의 거장 괴테도 8살에 직접 시를 짓고, 13살에 첫 시집을 낼 정도로 '문학 신동'이었다고 합니다. 그의 어린 시절을 들여다보면, 어머니가 밤마다 아들에게 읽어준 책이 힘을 보태지 않았을까 생각해 봅니다.

미국의 한 연구 결과에 따르면 아버지가 책을 읽어준 남자아이들의 읽기 성적이 높았으며, 아버지가 독서를 즐기는 가정의 남자아이는 책도 많이 읽고 성적도 높았다고 해요. 또한, 7세 전후로 아빠가 교육에 관여하는 비율이 높아질수록 학업 성취도가 높다는 연구 결과도 있는데, 아빠의 독서와 교육이 아이에게 긍정적인 역할을 미친다는 것을 보여주는 좋은 예라고 할 수 있어요.

"몇 살까지 읽어줘야 하나요"라는 질문을 많이 하세요. "읽어달라고 하면 최대한 많이 읽어주세요." 듣기와 읽기 수준이 같아지는 나이는 14살까지라고 해요. 《하루 15분, 책 읽어주기의 힘》에서는 부모가 읽어주며 귀에 쏟아붓는 단어는 '귀 안에서 듣기 어휘라는 저수지에 모인다'라고 말합니다.

단어가 그 저수지 안에 충분히 차면 넘치기 시작하는데, 넘치는 어휘는 말하기 어휘, 읽기 어휘, 쓰기 어휘라는 세 갈래로 물꼬를 터 냇물이 되어 흘러간다고 합니다. 책을 읽어줄 때 들으면서 익히게 되는 어휘가 말하기, 읽기, 쓰기에 유용한 3가지 어휘의 물줄기의 원천이 된다는 것이죠. 오래, 마음껏 읽어주세요. 언젠가는 자신이 읽는 속도보다 느리다 싶으면 자연스럽게 '읽어주세요'라는 말을 그만하게 될 테니까요. "엄마, 책 읽어줘" 이 소리를 지금 많이 누리시면 좋겠습니다.

4교시

초등 메타인지 독서 실전
② 읽고 적용하기

?

# ❶
# 메타인지 독서 어휘력 향상 비결
# - 1단계 : 뜻 정확히 알기

    책을 읽고 이해하는 능력이 높은 아이들을 보면, 어휘력과 배경지식이 풍부한 경우가 많아요. 글은 수많은 어휘로 이뤄졌고 글을 읽어가는 과정은 내 배경지식을 바탕으로 새로운 정보를 파악하고 의미를 구성하며 해석하는 것이니까요.

    그래서 어휘력 이야기를 해 보려고 합니다. 어휘력을 높이려면 어떻게 해야 할까요? 책을 많이 읽어도 어휘력이 안 는다고 상심이 크다면 '어휘력을 기르는 3단계 과정'을 거치고 있는지 점검해 보시기 바랍니다. 이 3단계는 다음과 같습니다. 어휘 뜻 정확히 알기, 다양한 맥락에서 쓰이는 뜻 알기, 많이 쓰며 숙달하기.

어휘력은 '어휘를 마음대로 부리어 쓸 수 있는 능력'을 말합니다. 이를 위해서는 어휘에 대한 지식이 풍부해야 합니다. 사전적 의미를 정확히 알고, 아는 어휘 수를 늘려야 합니다. 또 어디에 어떻게 쓰이는지 다양한 용법을 알아야 해요. 속담이나 사자성어와 같은 관용 표현, 비슷한 말도 구분하며 세세한 의미 차이를 살려 적절한 상황에 맞게 쓸 수 있어야 합니다.

1단계는 어휘를 정확히 아는 일입니다. 책을 읽어도 제대로 이해하지 못하는 이유는 생소한 어휘도 많을뿐더러 안다고 자부한 단어가 알고 보니 정확한 의미가 아니었기 때문이에요. 책 속 수많은 어휘가 모호하다 느껴지면, 모르는 어휘를 바탕으로 읽어 나가니 '대충 알 것 같아'가 되어버려 '정확히 이해하는 독서'가 되지 못합니다.

특히, 과목이 늘어나며 내용이 어렵고 길어지는 3학년이 넘어가면서 이 상태가 지속되면 학교 공부가 점점 더 힘들어집니다. 초등 시기는 언어 발달을 위한 정말 중요한 시기이니, 어휘를 잘 알지 못해 어려움을 겪고 있지 않은지 아무리 꼼꼼하게 살펴봐도 지나치지 않습니다.

캐나다 언어학자 펜필드의 '결정적 시기 이론'을 보면 '아동기에 습득된 어휘는 성인이 되어서 원활한 독서와 청취는 물론, 생각과 의사를 글로 쓰고 말로 표현하는 데 사용된다'라고 합니다. 평생 영향을 미치는 언어 능력은 초등 시기에 습득한 어휘력이 큰 영향을 미친다는 겁니다.

　교과서를 이해하는 데 꼭 필요한 어휘를 정확히 알려주세요. 대표적인 것이 '학습 도구어'입니다. 인하대 국어교육과 신명선 교수는 '학습 도구어'를 '교과서 등 학술 텍스트에 자주 등장하는 단어'라고 설명하는데, 중요한 용어의 개념을 설명할 때 쓰입니다. 학습 도구어를 잘 모르면 학교 수업에 따라가기 어렵다는 겁니다.

　학습 도구어는 어떤 것이 있을까요? 4학년 사회라면 지도를 배울 때 방위표, 기호, 범례, 축척과 같은 말을 배우게 됩니다. 위성사진에서는 '확대'를, 산의 높낮이와 관련해서는 '등고선'의 의미도 알아야 해요. 한자어로 이루어진 학습 도구어들인데, 수준이 만만치 않습니다.

　참고로 중학생이 되면 과학에 '전기와 자기'를 배우며 정전기, 원자도 알아야 하고, 수학의 인수분해, 방정식까지 점점 어려운 용어들이 등장합니다. 잘 모르는데 자꾸 넘어가면 교과서와 힘겨운 싸움을 이어가야 하죠. 그러다 보니 개념어 사전을 활용해 암기하듯이 몰아서 공부하는 아이도 생겨납니다만, 뜻만 외우면 오래 기억하지 못한답니다. 다양한 예시와 함께 어디에서 어떻게 쓰이는지 한 문장 쓰기를 하게 해주어야 합니다. 다시 한번 어휘의 뜻을 떠올리며 기억을 강화할 수 있어요. 그래야 진짜 알게 됩니다.

　아이들의 현실이 어떤지 냉철하게 그린 다큐멘터리가 있어요.

EBS의 <당신의 문해력>에서 학습 도구어를 얼마나 알고 있는지 전국 중학교 3학년 학생 2,412명을 대상으로 어휘력 평가를 시행했습니다. 교과서 어휘를 잘 알고 세부적인 내용까지 잘 이해하는 아이들은 9%밖에 되지 않았어요. 그렇다면 초등 아이들, 학습 도구어를 잘 익히려면 어떻게 해야 할까요?

학습 도구어는 대부분 한자어입니다. 한자를 쓰지 못한다고 해도 뜻과 소리만 알면 어휘력 향상에는 큰 문제가 없어요. 예를 들어 '강력(强力)'이라는 말을 접했다고 해보죠. 굳셀 강(强)에서 굳세다는 뜻(훈)이고 강은 소리(음)입니다. 힘 력(力)은 힘이 뜻(훈)이고, '력'이 소리(음)죠. 이때 '강'과 '력'이 만나면 '힘이 세다는 뜻이야'라며 의미를 알려주고, "우리 힘 력(力)을 넣어서 말을 만들어볼까?"라며 놀이처럼 대화를 나눠보세요.

가령 "역이 들어간 말이 뭐가 있을까? 음… 역작(力作)은 '온 힘을 기울여 만든 작품'이라는 말이야. 저 책 보이지? 저것 정말 역작이야. 상도 받았대"처럼 이야기를 나눠보는 겁니다.

큰아이는 7살 때 《마법 천자문》이라는 학습만화에 푹 빠진 뒤로, 한자어에 관심이 높아졌어요. 읽고 쓰는 것을 잘하지는 못해도, 관심을 두다 보니, 한자어로 가득한 전자제품 사용설명서, 가정통신문에 나오는 말들도 유심히 보곤 했죠. 한자를 배우더니, 한자어로 의미를 쪼개서 생각부터 해 봅니다. 과학 용어는 특히 한자어가 많은데, 개념을 정확히 알면 원리를 쉽게 이해하더라고요. 동생이 모르는 말을 물어보면 설명할 때도 한자어의 뜻을 풀어서 개념부터 자세히 설명합니다.

"오빠, 위성이 뭐야?"

"위성이란 말이야 행성의 인력 때문에 주위를 도는 천체야. 행성이라는 건 말이야… (한참 설명) 오빠가 퀴즈 하나 낼게. 태양도 행성일까? 태양은 항성이라고 해. 항이라는 게 항상, 변하지 않는다, 이런 뜻이잖아. 행인이라는 말은 들어봤어? 돌아다니는 사람이라는 말이잖아. 항성 둘레를 돌아다니니 행성인 거지. 알고 보면 말이야 태양도 움직이긴 한다고 해. 그래도 위치가 거의 변하지 않나 봐. 그래서 항성이라고 생각하면 돼"

나를 둘러싸고 있는 어휘 세상의 많은 부분이 한자어로 이루어져 있다는 것을 알면 훨씬 관심이 깊어지게 됩니다.

또 유의어와 반의어를 구분하며 정확히 익히게 해주세요. '아는 만큼 보인다'라는 말처럼, 많이 알면 그때부터 보이는 세상은 훨씬 다채로워질 거예요. 간판 글씨, 책 제목들, TV 속 광고 문구들까지 수많은 어휘가 아이들에게 더 생생하게 다가와서 말을 걸 테니까요.

'나의 어휘 성장 노트'를 함께 만들어보기 바랍니다. 책을 읽다가 모르는 어휘를 써 보고, 예측한 뜻을 적어보는 거예요. '생각한 게 맞을까?' 추론해 보고, 중요한 어휘는 사전으로 확인하는 순간 두루

뭉술 알던 어휘를 명확히 익히게 됩니다.

하지만 일일이 확인할 수 없고 분량이 지나치게 많으면, 어휘 학습처럼 되어버려 독서 자체에 흥미를 잃을 수 있으니, 조금씩 꾸준히 쓰게 해주세요. '나의 어휘 성장 노트'를 만들고, 하루에 하나씩만 써도, 1년이면 365개가 됩니다. 하루하루 쌓인 어휘의 힘이 아이의 언어력이 될 수 있어요.

## 나의 어휘 성장 노트

| 책 제목 | | |
|---|---|---|
| 작성일 | | |
| 1 | 어휘 | |
| | 예측한 뜻 | |
| | 확인한 뜻 | |
| | 문장 쓰기 | |
| 2 | 어휘 | |
| | 예측한 뜻 | |
| | 확인한 뜻 | |
| | 문장 쓰기 | |
| 3 | 어휘 | |
| | 예측한 뜻 | |
| | 확인한 뜻 | |
| | 문장 쓰기 | |

# 메타인지 독서 어휘력 향상 비결 – 2단계 : 다양한 맥락에서 쓰이는 뜻 알기

어휘는 사전적 정의부터 문맥적 정의, 상황적 의미를 알고, 원래 의미와 다르게 사용된다는 것까지 파악해야 글을 잘 이해할 수 있습니다. 그래야 말과 글의 적재적소에서 효과적으로 활용할 수 있습니다. 이 목적을 달성하려면 책 속에서 어휘가 쓰이는 다양한 상황으로 초대해주세요.

어휘를 안다고 생각하고 표현할 수 있어도 의미를 정확히 알고 자유자재로 쓸 수 있기까지는 많은 시간이 필요하답니다. 그러니 모르는 어휘가 나왔을 때 그냥 뜻을 알려주기보다 아이가 추론하는 능력을 키워주는 게 효과적입니다.

'추론'이란 미뤄 생각하여 논하는 것을 말합니다. 어떠한 판단을 근거로 삼아 다른 판단을 끌어낸다는 의미도 있죠. 상위권 아이들은 추론 능력이 높습니다. 알고 있는 정보를 분석해 추론하며 모르는 문제를 해결해 나가는 능력이 뛰어나기 때문이죠.

책의 종류, 난이도, 그리고 아이의 이해 능력에 따라 차이는 있지만, 전문가들은 대게 한 쪽의 글을 기준으로 약 80%의 어휘를 알고 있을 때 글의 내용 파악이 가능하고, 90%가 넘는 어휘를 알고 있을 때 세부 내용 이해를 통해 추론할 수 있다고 말합니다. 모르는 어휘도 추론하는 연습을 해 보면, 어휘력이 될 수 있어요.

책을 읽으며 어휘를 추론하는 능력은 전래동화나 이솝우화처럼 재미있는 책부터 시작해 보세요. 이런 책들은 다양한 시간, 장소, 상황을 다루고 있으므로 어휘가 여러 맥락 속에서 어떻게 쓰이는지 자연스럽게 배울 수 있답니다. 글 구조가 단순하고 재미있는 상황들로 가득하니 이야기 속에 빠져들기 쉽고, 그 안에서 어휘의 의미를 파악하고 다양한 쓰임새를 배우면 기억에도 잘 남습니다.

이런 종류의 책에 관용어가 많이 등장한다는 점도 특징입니다. 둘 이상의 낱말이 어울려 원래의 뜻과는 전혀 다른 새로운 뜻으로 굳어져서 쓰이는 표현을 '관용 표현'이라고 하죠. 관용어, 속담, 고사성어가 여기에 해당합니다. 새로운 뜻으로 쓰이니, 잘못된 개념인지 모르고 쓰는 상황이 생깁니다.

EBS 다큐프라임 <교과서를 읽지 못하는 아이들> 편에서 한 중학생은 '얼굴이 피다'라는 말을 듣고, 얼굴에 피범벅을 하는 장면이 나왔는데, '얼굴이 피다'가 '얼굴에 살이 오르고 화색이 돌다'라는 뜻인 것을 몰랐던 것이죠.

아이가 책을 읽다가 "엄마, 무슨 말인지 모르겠어"라고 되묻는다면 뜻을 바로 알려주지 말고 추론하는 습관을 갖게 해주세요. 다음은 전래동화《소가 된 게으름뱅이》의 일부 내용입니다. 1) '땅이 꺼지도록'의 의미를 알고 싶다면 어떻게 하면 좋을까요?

---

### 소가 된 게으름뱅이

돌쇠 엄마는 1) 땅이 꺼지도록 긴 한숨을 쉬었어요. 벌써 점심때가 지났는데 돌쇠는 일어날 생각도 없으니까요. (중략) 엄마는 게으른 아들 때문에 매일매일 속이 탔어요. 돌쇠는 오늘도 해가 산으로 넘어갈 때가 다 되어서야 일어났어요. 엄마는 지금이라도 나가서 나무를 해 오라며 돌쇠 2) 등을 떠밀었어요. 돌쇠는 어쩔 수 없이 지게를 짊어지고 터벅터벅 집을 나섰어요.

---

출처: 초등 선생님이 뽑은 남다른 관용어

바로 뒤에 '긴 한숨을 쉬었어요'라는 말이 이어지죠. 앞뒤 문장을 읽고 문맥을 통해 낱말의 의미가 '한숨을 크게 쉴 때 하는 말이구나'라는 것을 유추할 수 있어요. 사전을 찾아보면 '한숨을 쉴 때 몹시 깊고도 크게'라는 뜻이라는 확인할 수 있어요. 아이가 어떤 뜻인지 계속 생각하는 연습을 할 수 있게 해야 다른 책을 읽을 때 모르는 어휘를 만나도 추론하며 큰 어려움 없이 읽을 수 있습니다.

학교에서는 '모르는 낱말을 쓰고 추론하기'를 많이 하는데, 평소 독서 때는 잘 적용하지 않는 경우가 있으니, 함께 읽다가 뜻을 추론해 보는 습관을 길러주세요.

이해력이 부족한 아이들은 잘 모르는 부분이 나왔을 때 읽으면서 바로 그때 아이가 뜻을 추론하게 하고, 추론하는 방법을 부모가 곁에서 알려주는 것이 효과적입니다.

《소가 된 게으름뱅이》에서 2) '등을 떠밀었어요'를 통해 어휘를 추론하는 대화를 해 연습해볼까요.

 **어휘 추론 대화 예시**

아이  등을 떠밀다가 무슨 뜻이야?

엄마  내용을 앞뒤로 잘 읽어보면 알 수 있을 거야

| 아이 | 음… 해가 산으로 넘어갈 때가 다 되어서 일어났다는 걸 보니, 일어나기 힘들었나 봐. 어쩔 수 없이 지게를 짊어졌다는 걸 보니 나무하러 나가기 싫었던 것 같아. 그러니까 등을 떠밀었다는 것은 하기 싫은 것을 하게 했다는 말 아닐까? |
|---|---|
| 엄마 | 그런 뜻 같아? 엄마는 그럼, 뒤를 읽어볼게. 뒤에 '터벅터벅 짊어지고 나섰어요'라는 말이 있잖아. 이 말을 보면 느리게 힘없이 걷는 모습이잖아. 네가 생각한 대로, 싫은 것을 하게 했다는 말로 생각하고 읽어보면 어때? 내용이 자연스러운 것 같아? |
| 아이 | 응. 하기 싫으니까 터벅터벅 걸어간 것 같아. |
| 엄마 | 맞아. 맞혔어. 앞 사람의 등을 밀면 어떻게 될까? |
| 아이 | 가만히 있으려고 해도 밀려서 앞으로 가게 되겠지? |
| 엄마 | 맞아. 원하지 않는 일을 억지로 시키거나 부추기는 것을 등을 떠민다고 말해. 돌쇠도 엄마가 억지로 나무를 하라고 시키니 억지로 나간 거지. |
| 아이 | 응. 하기 싫어한 것을 하게 해서 어쩔 수 없이 지게를 짊어지고 터벅터벅 집을 나섰다는 거니, 말이 되네~ |
| 엄마 | 잘했네. 앞뒤 내용을 읽어보니까 알겠지? |

그냥 알려주기보다 열심히 생각하며 찾아낸 지식은 오래 남습니다. 중요한 어휘는 사전을 찾아보고, 너무 흐름을 깬다 싶으면 부모가 옆에서 어휘 추론하는 법을 알려주거나 아이가 직접 해 보게 하

는 것도 좋습니다. 다양한 맥락에서 어휘가 어떻게 쓰이는지 추론하며 어떤 상황에서 쓰이는지를 알고, 대화하거나 문장을 써 보면 훨씬 기억에 잘 남습니다.

어휘력 향상 비결 3단계는 '활용하기'인데 이 부분은 뒤에서 자세히 설명하겠습니다. 속담이나 고사성어도 생소하고 어려운 게 많지요. 말이 생겨난 유래가 소개된 이야기를 읽으면 그 말이 쓰인 상황을 떠올리며 잘 기억할 수 있어요. 이렇게 어휘를 추론하는 연습은 영어 공부 때도 빛을 발합니다. '어렴풋이 아는 어휘'를 정확히 알아야 독해도 잘할 수 있답니다.

수준 높은 어휘를 많이 접하게 하려면 당연하지만 다양한 읽을거리를 접하게 해줘야 합니다. 《하루 15분, 책 읽어주기의 힘》에서는 일상생활에서 가장 자주 사용하는 5천 단어를 기본 어휘라고 말하며 평소 대화에서 80% 이상은 1천 단어에서 크게 벗어나지 않는다고 합니다. 가끔 사용하는 다른 5천 단어를 합친 1만 단어를 '공통 어휘'도 부르며 그 외의 단어를 '희귀 단어'라고 칭합니다. 희귀 단어를 얼마나 많이 쓰냐가 어휘력의 차이라고 강변합니다.

어른이 4살 아이와 대화할 때 1천 단어당 9개의 희귀 단어를 사용한다고 합니다. 아동 도서는 어휘력을 세 배, 신문에는 일곱 배를 높여주는 단어들이 쓰인다고 해요. 책이나 신문은 물론, 잡지, 만화

같은 인쇄물을 통해 평소에 잘 접하지 못하는 어휘를 알면, 이것이 수준 높은 어휘력을 길러준다고 합니다. 가령 어린이 잡지를 보면, 문화, 예술, 과학기술까지 다양한 분야의 글이 있는데, 다양한 주제로 시간과 공간을 초월한 세상 곳곳의 이야기를 전하고 있기 때문이죠.

| 어휘 추론을 위한 4단계 연습 |
| --- |
| 1단계 - 모르는 어휘가 나오면 무슨 뜻일지 짐작해 본다 |
| 2단계 - 앞뒤 문장 또는 글 전체 내용을 살펴보며 어떤 뜻인지 추론해 본다 |
| 3단계 - 예상한 뜻과 사전에서 찾아본 뜻이 맞는지 확인해 본다 |
| 4단계 - 한 문장 쓰기를 하거나 대화로 활용해 익힌다 |

# ❸
# 메타인지 독서 어휘력 향상 비결
# - 3단계 : 많이 쓰며 숙달하기

'어휘의 한계가 세계의 한계'라는 말이 있죠. 생각하는 수단은 언어이고, 어휘가 늘면 생각도 확장될 수 있답니다. 아이가 자신의 세계를 우주 끝까지 확장할 수 있다면 얼마나 좋을까요.

김종원 작가는 《문해력 공부》에서 말과 글, 우리가 구사하는 언어가 곧 우리 인생의 수준을 결정한다고 말합니다. 그러면서 많은 사람이 어휘와 싸우고 있다고 합니다. 세상과의 전투에서 장점이 될 수많은 역량보다 중요한 것이 바로 언어 수준이라며 제대로 표현하지 못하는 것에 안타까움을 토로합니다. "언어 능력의 부재로 가진 것의 절반만 전달하면, 공들여 준비한 자기 삶을 스스로 절반이나 잘라서 버리는 것과 같다."

우리 아이들은 어떤가요. 어휘는 생각하는 수단으로 그 생각을 표현하는 의사소통의 도구이기도 합니다. 아는 어휘가 부족하다고 가정해보면, 억울하고 슬플 때 친구와 같이 놀고 싶은 마음을 전할 때 더 적절한 언어로 정확히 표현할 수 없어요.

"내가 하려는 말은 그게 아니야" "중요한 이야기를 빠뜨렸네" 자신의 감정과 생각을 잘 표현하지 못하면 학교생활이 힘들지 않을까요? 넓게 보면 학교를 넘어 세상 공부가 진정한 공부라고 할 수 있어요. 잘 살아가기 위해 좋은 관계를 맺는 방법을 배우는 것도 말이죠. 어휘와 싸우지 않고, 평생 친구가 될 좋은 방법이 있을까요? 이것이 어휘력을 높이는 3단계로, 많이 쓰며 숙달하는 법입니다.

첫째, 알게 된 것을 기억나게 하려면, 자주 써 봐야 합니다. 대표적인 방법이 아이들이 가장 많이 하는 독서록과 일기 쓰기예요. 일기에 날씨와 제목을 자신만의 개성을 살려 표현할 수 있게 해주세요.

날씨를 쓸 때 '무더움'이라는 표현과 '햇빛이 화가 나서 아이스크림을 다 녹인 날'이라는 표현을 비교해 보면, 어떤 생각이 드시나요? 두 번째 표현이 훨씬 생동감 넘치죠? 다음과 같이 개성 만점 날씨를 표현해보세요. '나만의 특별한 제목'도 입체적으로 써 보면 좋겠습니다.

## 일기 날씨 쓰기- 내 눈에 비친 날씨

하늘이 슬퍼 주룩주룩 눈물 흘린 날

해님의 입김에 아이스크림이 주르륵 녹아내린 날

해님이 구름 사이로 방긋방긋 웃어준 날

쨍쨍했다 어두웠다. 하늘이 변덕 부린 날

손이 꽁꽁꽁. 발이 꽁꽁꽁

글을 보면 아이 생각을 볼 수 있어요. 일기에 감각적 표현이나 감정을 나타내는 말을 활용하면 생동감 넘치는 글이 됩니다. 감각적 표현은 눈, 귀, 입, 코, 손을 통해서 알게 된 느낌을 생생하게 표현하는 걸 말해요. 하루 일을 있었던 그대로 쓰는 것이 아니라 조금만 변화를 줘도 훨씬 입체적으로 보일 수 있어요. 눈으로 보는 시각, 소리를 받아들이는 청각, 맛을 느끼는 미각, 코로 냄새를 받아들이는 후각, 피부로 느끼는 촉각까지 말이죠.

"엄마가 베개를 사주셨는데 부드러웠다. 기분이 좋았다"라는 표현을 감각적 표현을 빌려 표현해보면 이렇게도 될 수 있겠네요. "엄마가 사주신 베개가 보들보들해서 구름 위에 눕는 것처럼 포근했다”

의성어, 의태어, 꾸며주는 말도 활용하면 글이 훨씬 생생하게 느껴집니다. 동시, 동화, 그림책 등에 이런 표현들이 많은 게 특징입니다.

둘째, 대화로 어휘 가랑비에 젖어 들게 해주세요. 어휘력은 부모와의 대화가 큰 영향을 미칩니다.

만약 부모로서 조금 어려운 말은 되도록 쓰지 않고 대화하려 노력한다면, “아이들은 아직 어리니 이런 말은 잘 모를 거야”라는 생각 때문일지도 모릅니다. 어려워 보이는 말은 ‘어른의 말’로 분류해 버렸다면 말이죠. 하지만 이것 아시나요? 아이들은 생각보다 부모 말을 빨리 이해하고 흡수합니다. 여러 연구에서 부모와 대화를 많이 주고받는 아이들이 언어 능력은 물론 학업 성취도까지 뛰어나다는 것을 보여줍니다. 언어는 상호작용하며 발달하는데, 가장 오랜 시간을 함께하는 부모의 말을 많이 흡수하게 되니, 이제 우리의 언어를 바꿀 차례입니다.

이렇게 해 보세요. 간단한 표현보다는 짧아도 문장 형식을 갖춘 말을 들려주고, 조금 어려운 어휘로 대화도 해 보세요. 저는 아이들이 간단한 대화를 할 수 있을 때부터 어른이 쓰는 어휘를 사용해 대화를 많이 나누었어요. 지금도 아주 간결한 말보다 조금은 완전한 말로 들려주려고 노력합니다. 교통정리를 하는 경찰관을 보고 “저기 경찰이 있네”라고 할 수 있지만, “경찰관 아저씨가 차량 정체가 심하니까 교통정리를 하시나 봐?"와 같이 말해보는 거죠. 처음 듣는 말이라서 낯설고 어렵지 자주 쓰면 '내가 아는 말'로 자연스럽게 녹아들게 됩니다. 저는 뉴스를 보고 몹시 어려운 경제 용어가 아니라면 금융이며 세계의 재난 이야기, 사건/사고 소식까지 말해줍니다.

같은 맥락으로 아이 말을 구체적인 말로 다시 들려주기도 효과적입니다. "엄마, 죄인이 감옥에서 도망갔대"라고 하면 "범죄자가 교도소에서 탈주했다고?"처럼 말이죠. 유창한 어휘로 표현하지 못했던 아이도 이렇게 부모가 사용하는 어휘를 많이 듣다 보면 시나브로 쌓이다가 아래와 같이 어느샌가 표현할 수 있게 됩니다.

셋째, 어휘 놀이도 해 보세요. 아이들은 "공부하자"라고 하면 "싫어"라는 반응을 보일 때가 많지만 놀이라고 하면 즐겁게 참여하죠.

놀이로 공부하게 해주는 겁니다. 저는 두 아이 모두 고학년이 될 때까지 끝말잇기를 수없이 했어요. 쉬운 어휘가 반복되니 재미가 없었던지 그때부터는 어휘 탐험가가 되기 시작했죠. 새로운 말을 찾아 못 맞히게 하려고 어휘를 집안 곳곳에서 찾기 시작했습니다. 1,000페이지가 넘는 워런 버핏의 전기, 《스노볼》에서부터 박사논문을 쓰면 읽는 사회과학조사방법론까지 말이죠. 그 덕인지 이야기를 하다 보면, '이런 말까지 알았어?' 할 정도로 다양한 어휘를 쏟아내곤 합니다.

차를 타고 가면서 하는 초성 퀴즈는 단골 놀이에요. 어휘를 추리하고 또 부모가 말하는 것을 들으며 아는 어휘를 확장할 수 있어요. 분류하는 것을 좋아하는 아이라면, '의미 지도' 놀이도 해 보세요. '병원'이라는 주제를 정했다고 칩시다. 그럼 병원과 관련된 어휘를 적어보고, 비슷한 성질끼리 묶으면서 '범주화'해 보는 겁니다. 그림을 함께 그려보면 시각 이미지까지 합쳐져 기억에 더 오래 남을 수 있어요. 이를 거치면서 아이는 저절로 자신의 배경지식을 꺼내어 정리해 볼 수 있고, 비슷한 것을 묶어보며 범주화하고, 상위개념과 하위개념도 알게 됩니다. 이렇게 어휘를 많이 알게 되면 어휘를 통해 사고하는 능력을 키울 수 있답니다.

## 의미 지도 놀이의 예

| 병원의 종류 | 병원 하면 떠오르는 직업 | 병원 하면 떠오르는 말 |
|---|---|---|
| 안과 | 의사 | 건강 |
| 소아과 | 간호사 | 질병 |
| 내과 | 요양보호사 | 회복 |

또 "명절과 관련된 말을 해 볼까?" 하면 "단오" "햇과일" "차례"와 같은 답을 하겠지요. 이렇게 어휘를 확장해 나갈 수 있어요. 뜻을 비교하고, 특징을 분석하고, 범주화하고, 추론하는 이런 생각의 과정을 통해 어휘 사고력을 기를 수 있답니다. 쓰고 쓰고 또 쓰면서 깊이 스며들어야 적재적소에서 활용할 진짜 어휘력이 된다는 것, 잊지 마세요.

# ④
# 이해력의 바탕이 되는
# 배경지식의 힘

　같은 책을 읽어도 이해력이 높은 아이들을 보면, 배경지식이 풍부하다는 공통점을 발견합니다. 배경지식은 우리가 가진 모든 지식과 경험을 일컫습니다. 학교 수업, 부모와의 대화, 체험학습까지 아우르며 쌓입니다.

　배경지식이 풍부하면 새로운 것을 배울 때 내가 아는 것과 관련지어 훨씬 쉽게 이해할 수 있답니다. 책을 읽을 때 '이해한다는 것'은 내용의 의미를 아는 것, 글을 통해 드러나지 않는 의미를 추론하는 것, 내용과 내 배경지식을 연결해 의미를 파악하며 해석하는 것이 모두 포함됩니다. 이때 원래 알던 것과 다르면 기존에 알았던 것을 조정하며 다시 받아들이는 것이 '이해하는 과정'인데, 배경지식이 풍부할수록 원래 알던 것과 새로운 것을 연결해 더 잘 이해하고 기억할 수 있어요.

배경지식이 풍부한 아이와 그렇지 않은 아이의 차이를 《갯벌에 뭐가 사나 볼래요》를 읽은 뒤 생각을 통해 알아볼까요?

나는 갯마을에서 살아요.
날마다 갯벌에 나가서 놀지요.
날이 선선해지면 어른들은 갯일 하러 나가요.
굴도 따고 게도 잡고, 바지락도 캐고 파래도 뜯지요.

갯마을에 대한 배경지식이 없는 아이가 읽는다면, 갯벌에서 무엇을 발견할 수 있는지 정보를 얻는 것으로 그칠지 모르지만, 갯벌 체험을 해 봤거나 이와 관련된 책을 읽어 갯벌이 썰물 때 나타나는 독특한 지형이며 바닷물이 밀려들기 전에만 갈 수 있다는 것을 안다면 이렇게도 생각을 늘릴 수 있어요. '갯벌은 소중한 자연이야. 이렇게 많은 생물을 얻을 수 있으니까. 하지만, 우리나라에 갯벌이 몇 곳 없으니, 쓰레기를 버려서 훼손하면 안 돼!' 이처럼, 배경지식에 따라 같은 것을 읽어도 생각과 의미부여가 달라지고 해석의 차이가 생깁니다.

배경지식의 중요성에 대해 인지신경과학자인 매리언 울프는 《다시 책으로》를 통해 이야기합니다. 폭넓게 제대로 책을 읽은 사람은 배경지식이 풍부해져 읽기에 적용할 자원이 많아지지만, 그렇지 않은 사람은 적어진다고 말하면서 지식이 진화하려면 배경지식이 계속 추가되어야 한다고 말이죠. 유년 시절에 어휘가 풍부했던 아이가 성인이 되어도 어휘가 풍부해진다는 '마태효과'의 예를 들어 배경지식도 그렇다고 강조합니다. 배경지식을 쌓을수록 새로운 지식을 많이 습득할 수 있게 된다는 의미죠.

풍부한 배경지식의 첫걸음은 책을 많이 읽는다고 무조건 많이 느는 것은 아니라는 데서 출발해야 합니다. 다양한 분야의 책을 읽어야 합니다. 책뿐만 아니라, 신문, 잡지 등 읽을거리를 넓히는 게 좋습니다. 어린이 잡지를 보면, 역사, 기술, 문화, 예술까지 다양한 범위의 읽을거리가 있는데, 한 권씩만 읽는다고 해도 여러 분야의 배경지식이 생깁니다.

'편독'이 심하다면 관심 분야와 관련한 다양한 장르의 책으로 연결해 보세요. 아들은 저학년 때 과학을 얼마나 좋아했던지 과학학습 만화를 줄기차게 읽었어요. 그래서 글 밥이 꽤 많은 과학 동화와 과학자의 삶을 소개한 과학 인물 책으로 연결해 읽게 해주었답니다. '과학'이라는 관심 분야를 연결해 다양한 장르를 접하게 한 것이죠. 장르가 다르면 소재와 내용이 달라지니 배경지식을 자연스레 확장할 수 있어요.

관심 있는 분야로 확장하며 다독을 했다면, '체험'으로 연결해 보세요. 만약 나비에 관심이 많아 그와 관련한 책을 흥미 있게 읽었다면, 나비 박물관으로 체험을 가보는 거죠. 내용에 대한 이해도가 훨씬 더 높아질 수 있어요.

"와~ 이렇게 화려한 나비가 다 있네. 이런 나비 본 적 있어?" 나비와 관련된 질문으로 관심을 기울이게 합니다. 즐거운 체험 자체도 의미 있지만, 어떤 목적으로 왔고, 어떤 것을 보고, 얻고 싶은지 이야기하고 방문한다면 거기에 초점을 맞춰 집중하게 되니, 관심 분야를 쏙쏙 흡수할 수 있어요. 주의를 집중하면 배경지식이 잘 흡수될 수 있으니까요.

한 엄마는 아이가 역사적 명소를 소개한 책을 읽은 뒤에는 아이와 여행을 자주 갔습니다. 가고 싶은 곳을 아이가 직접 선택하게 하고, 장소에 대한 정보를 찾고, 무엇을 알고 싶은지 적어보게 했다고 해요. 다녀온 뒤에는 짧지만, 감상도 몇 줄씩 적었고요. "너는 어떤 곳이 가장 가보고 싶어?" "가서 뭘 제일 먼저 보고 싶어?" 이렇게 질문만 해도 관심 레이더가 가동되겠죠. 관심 있는 장소에 가는 데다 궁금한 점이 많은 상태였던 만큼 그냥 둘러보는 것으로 끝나지 않고 호기심을 해소하기 위해 더 자세히 둘러볼 수 있게 됩니다.

관심은 더 집중해서 살펴보게 하는 힘입니다. 이것은 '자기 참조 효과'와도 관련이 있어요. 자신에게 중요하고 의미 있는 정보나 경험이라고 생각했을 때, 오래 기억할 수 있다는 심리 작용입니다.


학년이 올라갈수록 다채로운 분야에서 배경지식을 쌓고, 깊이 있게 읽으며 생각하는 독서로 발전해야 합니다. 아들은 정약용의 위인전을 읽다 실학사상에 관심이 생겨 목민심서 학습만화를 읽고, 실학사상을 최신 유행인 '융합'이라는 키워드와 연결해 정약용에게 배우는 융합 이야기라는 부제가 붙은 책 《다산, 조선을 바꾸다》를 읽었죠. 문제 해결을 위해 생각을 바꿔 완성하게 된 거중기에 대한 일화와 책과 공부를 즐겼던 어린 정약용의 이야기를 세상에 대한 호기심과 탐구심을 가졌던 것에 초점을 맞춰서 풀어내고 있어요.

새로운 것을 두려워하지 않고, 늘 배우고 서로 협력하라는 키워드로 유교를 깊이 공부했지만, 천주교를 받아들여 곤욕스러웠던 일, 제자들과 실생활에 도움을 주는 학문인 실학과 교육을 융합하려고 많은 책을 집필했다는 이야기도 나옵니다. 역사 인물전이지만, 최신 트렌드와 연결해 읽으면 역사가 가깝게 느껴질 수 있어요.

정약용이라는 '사람'에 관심을 가지길래 유배지에 홀로 떨어졌을 때 자녀에게 전한 편지글을 담은 《아버지의 편지》를 책상 위에 슬쩍 올려두었던 적이 있었어요. 관심사와 맞닿아 있는 책을 보면, 머뭉거리지 않고 집어 들고 이때 읽는 지식은 쏙쏙 흡수됩니다.

국사편찬위원회에서 '역사 교과서'라는 취지로 만든 '우리 역사넷'의 '한국사 문화 예술 이야기'를 보면서 조선 시대 담배의 역사와 폐해를 보여주는 영상도 함께 시청했어요. 요즘은 영상의 시대라고 할 만큼 교육 영상이 차고 넘칩니다. 신뢰할 만한 영상을 찾고 활용하는 힘을 기르는 것도 중요합니다.

참고로, '우리 역사넷'에는 교과서 속 역사 정보와 사료로 본 한국사, 교과서 속 역사 용어 해설도 제공합니다. 제작에 참여해보니, 국내 최고의 역사 전문가들이 모여 오랜 시간 자료를 철저히 분석하고 작은 부분 하나하나까지 철저한 고증을 거치기 때문에 신뢰도가 매우 높습니다.

영상을 보면, 추상적으로 느껴졌던 역사를 피부로 느낄 수 있고 당시의 상황을 이미지로 저장할 수 있으니 배경지식이 강화될 수밖에 없어요. 넓은 범위에서 공부란 잘 몰랐던 것을 명확히 만들어 나가는 것이니 넓고 깊은 독서를 할 때, 가깝게 다가설 수 있어요.

배경지식의 중요성을 강조하다 보면, 이런 점을 많이 궁금해합니다. "시험 볼 때 꼭 읽었던 데서 출제되는 것도 아니고, 배경지식이 있어도 관련이 없는 내용이면 소용없는 것 아닌가요?"

배경지식을 쌓을 때 "왜?"라고 물으며 읽으면 다릅니다.《공부머리 독서법》의 저자 최승필은 모든 것에 "왜?"라고 묻는 것이야말로 아이가 갖출 최고의 능력이라고 말하며 이것은 '지식의 구조를 내면화'하는 중요한 과정이라고 강조합니다.

지식을 그냥 외우는 게 아니라 '원인과 결과'라는 두 요소가 쌍을 이루는 지식 구조로 돼 있다는 점을 알고 지식 구조를 내면화한 아이는 훨씬 효율적이고 체계적으로 공부할 수 있다고 해요.

하물며 입시에서도 쉽게 승자가 될 수 있다고 강조합니다. 교과서를 공부할 때도 "왜?"라고 묻고 그 질문의 답을 찾아가는 형태로 공부하고, 수능도 '네가 아는 지식을 활용해 이 문제를 해결할 수 있느냐'를 묻는 시험이기 때문이라면서 말이죠.

호기심이 많다는 것은 원인을 궁금해하는 과정인데, "왜?"라는 질문을 끊임없이 던지며 사고의 기본 체계가 '지식의 구조'와 같은 형태로 되어 있는 사람은 자기 일을 입체적으로 고민할 수 있고, 새로운 돌파구를 잘 마련할 수 있다고 합니다.

이는 메타인지 독서의 과정이기도 합니다. "왜?"라고 질문하며 책을 읽는다는 건 깊이 이해하기 위한 과정이기도 하거니와 "왜?"에 대한 답을 충분히 찾지 못했을 때 그 답을 찾고자 더 깊이 읽고, 내용을 더 잘 이해할 수 있는 방법을 찾게 하는 동력이 되기 때문이죠.

"왜 저 사람은 그런 선택을 했을까?" "왜 저런 사건이 생겼을까?" 하며 생각하는 독서도 중요합니다. "왜?"라고 묻는다는 것은 정보와 정보 사이의 인과관계를 이해한다는 것이니 정보와 정보 사이가 '연결'됩니다. 이해를 잘한다는 건 정보들 사이에 고리가 생기고,

이것이 그물망처럼 연결되는 과정입니다. 그래야만 장기기억으로 저장될 가능성이 커진다고 해요.

배경지식은 글의 의미뿐 아니라, 글 구조, 다양한 어휘를 아는 것도 포함합니다. 읽고 이해하는 전략이 체화되면, 빨리빨리 기억을 떠올리고 내용을 분석하고 이해할 수 있게 되죠. 저학년 때 즐겁게 책을 읽고 읽은 내용을 의미 있게 받아들이고 기억하는 것이 중요하다면, 학년이 올라갈수록 깊고 넓고 의미 있게 읽는 독서를 많이 하게 해주세요

# ⑤
# 말하기 독서

딸이 선생님 놀이를 좋아해요. 아이가 선생님 역할을 하고 저는 학생이 되지요. 스스로 선생님 역할을 청하고 나설 때면 말투부터 활기가 넘칩니다. 커다란 칠판을 펼쳐놓고 그림까지 그리며 열심입니다.

"엄마, 왕이 살았던 집 창덕궁 책 읽었거든. 창덕궁에서 어떤 왕이 살았는지 알려줄게"

그러다 머뭇거릴 때가 있어요. 기억이 안 나거나 제대로 이해하지 못했을 때죠.

"음… 뭐였더라. 기억이 안 나네. 엄마 나 책 한 번 더 보고 다시 설명해줄게"

자주 선생님 놀이를 하다 보니 고학년이 되어서도 친구에게 뭔가를 가르쳐 주거나 저에게도 설명하기를 즐깁니다. 사용설명서가 있는 제품을 읽고 나서도, 가정통신문에서 중요한 내용을 설명해 줄 때도 조리 있고 구체적으로 알려줘 단번에 이해가 되더라고요.

'지식'이라는 것은 눈에 보이지 않고 '안다는 것'도 어디까지가 '아는 것'인지 경계가 참 모호하지만, 분명한 건 꺼내어 볼 때 '잘 모르고 있다는 것'을 깨닫게 된다는 거예요. '말하기 독서'는 그런 점에서 메타인지를 활용한 독서법이라 할 수 있어요. 독서하고 내용을 요약해 말해보거나 알게 된 것을 설명하거나 책을 읽고 생각과 느낌을 나눠보는 것, 질문하고 답하기, 토론하기도 '말하기 독서'라고 할 수 있어요.

읽은 것을 말하기로 연결하는 '말하기 독서'는 또 다른 장점이 있습니다. 말은 생각을 표현하는 도구잖아요. 구체적으로 말을 한다는 것은 그 생각이 정교해질 때야 비로소 가능해집니다. 제대로 알아야 생각이 정교해질 수 있고, 정교해진 생각을 또 말로 표현해야 하는데 상대가 잘 알아들을 수 있게 다듬을 줄도 알아야 하죠. 그 과정에서 메타인지를 쓰게 됩니다.

특히 '설명하기'는 학습 효과가 높다고 알려졌어요. 딸도 워낙 누군가에게 설명하기를 좋아해서 선생님 놀이를 즐기지만, 열심히 학생 역할을 하며 잘 들어주기만 해도 책을 그냥 읽은 것보다 훨씬 잘 이해하고 기억하는 효과가 있게 된 거죠.

　미국의 행동과학연구소는 한 연구를 통해 같은 내용을 학습하더라도 학습 방법에 따라, 기억에 남는 건 다르다는 사실을 적나라하게 보여줍니다. '학습효과 피라미드'를 통해 '설명하기' 효과를 알아볼까요?

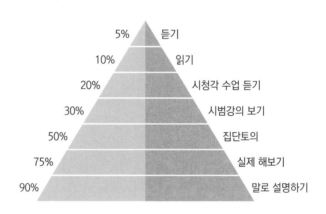

미국 행동과학연구소의 학습효과 피라미드

　연구소는 듣기와 읽기, 실제로 해 보기, 말로 설명하기에 이르기까지 다양한 학습 방식의 효과를 실험했습니다. 24시간이 지난 뒤 얼마나 기억하고 있는지 비교해 봤더니, 흔한 예상과는 다른 결과가 나왔습니다. 듣기만 하면 5%, 읽기만 한 경우는 10%를 기억했어요. 실제로 해 보기가 75%였는데, '말로 설명하기'는 무려 90%나 기억을 했다고 합니다. '설명하기 효과'가 놀랍지 않나요? 절대적인 기준은 아니지만 '읽기'를 '말하기'로 연결하는 독서의 능동적인 효과에 관한 연구였지요.

한 책에서 선생님의 독서 캠페인 사례를 본 적이 있어요. 학생들에게 책을 읽게 한 뒤 인형에게 읽은 내용과 느낌을 이야기해주고, 그 장면을 사진으로 찍어 올리는 프로젝트를 진행했어요. '말하기 독서'를 하게 했던 선생님의 지혜에 무릎을 쳤습니다.

드라마 <스카이캐슬>에도 설명하기 효과를 보여주는 장면이 나옵니다. 이 드라마는 총성 없는 교육 전쟁의 모습을 비판하는데, 최상위권 아이들의 이야기를 다루다 보니 곳곳에 메타인지 전략을 활용하는 장면이 등장하죠. 공부에 자신감이 없는 예빈이가 언니 친구인 전교 1등 혜나에게 공부를 배우는 장면을 볼까요. 예빈이가 선생님이라도 된 듯 칠판에 수학 문제를 풀면서 설명하는데 혜나가 말합니다.

"그것 봐. 설명하면서 하니까 이해가 잘 되지?"

뿌듯한 표정으로 예빈이는 이렇게 대답합니다.

"응, 내가 직접 가르쳐 보니까 알겠어"

말하기 독서는 발표 능력, 의사소통 능력, 설득 능력으로도 이어질 수 있어요. 책을 소리 내어 읽고, 말하기로 연결했던 인물의 예를 살펴볼게요.

1858년 미국 일리노이주 상원의원 선거 후보자 토론장. 이 연설로 시골 변호사 출신의 풋내기 정치인은 일약 대스타가 됐습니다. 미국 전역에서 진행됐던 치열한 토론 끝에 대중은 결국 이 사람의 손을 들어주었고 52세가 되던 1861년, 그는 드디어 꿈꾸던 미국의 제16대 대통령이 됩니다. 이 사람은 누구일까요? 바로 에이브러햄 링컨입니다. '현대 성공철학의 아버지'라고 불리는 데일 카네기는 저서 《나의 멘토 링컨》에서 독서가 링컨에게 어떤 영향을 미쳤는지 말합니다.

"어머니는 작은 문고판으로 《이솝우화》《로빈슨 크루소》《천로역정》《신드바드의 모험》 같은 책들을 사 주었다.(중략) 《성경》과 《이솝우화》를 손에 닿기 쉬운 곳에 두고 읽으면서, 그(링컨)는 이 책들에서 문체와 말하는 방법, 자신의 논점을 표현하는 방법에 상당한 영향을 받았다."

가정형편이 어려웠지만, 어머니는 당시에 유명했던 책을 구해주려 노력했다고 해요. 린들리 머리의 《영문 독본》과 윌리엄 스콧의 《낭독법 수업》은 18세기에 뛰어나다고 인정받았던 훌륭한 작가들의 작품들이 수록돼 있는데, 링컨은 작품을 향유하는 것만으로 그치지 않고 《낭독법 수업》의 저자인 스콧이 책은 소리 내어 읽어야 한다는 점을 강조했듯이 독서를 말하기로 연결했다고 해요.

어머니는 훗날 아들의 모습을 이렇게 회상합니다. '아들이 쉽게 배우고 오래 기억했으며 무언가를 배울 때는 제대로, 완전하게 배웠다'라고 말이죠. 《링컨》의 저자 프레드 캐플런 뉴욕시립대학 대학원 명예교수는 독서를 말하기로 연결했던 링컨의 책 읽기 습관에 대해 '링컨에게 책을 읽는다는 것은 말로 하는 공연과 같았다'라고까지 표현했죠.

링컨은 실제로 문학작품을 가족이나 학교 친구들에게 읽어주는가 하면 혼자 읽을 때도 공연을 펼치는 것처럼 생동감 넘치게 연기까지 했다고 해요. 세계 역사에 길이 남을 불멸의 명언을 남긴 게티즈버그 연설, 1863년 미국 남북전쟁 당시 게티즈버그 전투의 희생자를 추모하기 위한 자리에서도 불과 266개 단어, 2분 남짓한 간결한 연설이지만 남북전쟁의 의미, 자유의 가치, 민주 정부의 원칙까지 압축시키며 명연설로 평가받고 있죠.

"국민에 의한, 국민을 위한, 국민의 정부는 지상에서 영원히 사라지지 않을 것이다"라는 명연설로 역사에 오래 기억되고 있는 링컨의 경쟁력은 '말하기 독서'가 한몫하지 않았을까 생각해 봅니다.

## 아이와 함께하는 메타인지 설명 놀이

- 선생님이 되어 칠판에 쓰면서 배운 것을 가르쳐보기

- 인형을 앞에 두고 읽은 것을 설명하기

- 강연자가 되어 중요한 내용을 요약해서 강의하기

# 작은 남다른 생각,
# 비판적 사고 능력

미래 핵심역량으로 전문가들이 꼽는 것 가운데 빠지지 않는 것이 바로, '비판적 사고 능력'이에요. 이것은 객관적 근거에 따라 합리적으로 분석하고 평가하는 일을 말합니다. 어떤 사실이나 상황의 옳고 그름을 가려내는 것, 또 무엇이 문제인지 발견하고 판단하고 해결하는 힘입니다.

급변하는 미래 사회에서는 새로운 상황에서 낯선 일들을 많이 겪게 될 테고, 숱한 지식과 정보 안에서 무엇이 옳은지 그른지, 진짜 지식이 맞는지 구별하고 판단하는 능력은 점점 더 중요해질 거예요. 주어진 정보나 다른 사람 생각을 그대로 받아들이지 않고, 즉

'무조건 수용'하지 않고 분석해보며 대안은 없을지 다양한 관점으로 생각하는 힘이 필요합니다.

이런 흐름을 반영해 2022 개정 교육과정에도 '비판적 사고 능력'을 기를 교육을 강화한다고 해요. "비판적 사고 능력이 중요하다는데, 집에서 따로 가르쳐주기 힘든 것 아닌가요" 궁금해하는 분이 많으세요.

비판적 사고를 하려면, 메타인지가 필요합니다. 메타인지는 제 생각을 되돌아보며 성찰하는 과정을 말하니 상대방 말을 듣고 그것이 옳은지, 대안은 없는지 수없이 질문을 던지고 생각을 되돌아보는 반성적 사고를 할 수 있게 돕습니다.

아이들이 비판적 사고 능력이 눈에 띄게 자라는 시기는 메타인지가 빠르게 발달하는 고학년이에요. 어떤 사실을 여러 관점에서 바라보고, 옳은지 그른지 판단할 수 있어야 하기 때문이에요. 메타인지는 문제 해결 상황에서 합리적으로 판단할 수 있게 하니 말이죠.

딸이 4학년 때 《법대로 하자고?》라는 책을 읽고 나서 이야기를 하더군요. "엄마, 마을 사람이 대기업 공장에서 나온 발암 물질 때문에 아프게 됐다는 이야기가 나오는데, 《에린 브로코비치》라는 영화 내용이라고 해서 검색해보니, 이것 실화래" 하며 관심을 보였어요.

그러더니, 평범한 여성인 에린 브로코비치가 부도덕한 대기업과 법정 소송을 벌이기 전까지도 마을 사람들이 소극적으로 대응했다는 것을 알고 이야기하더군요. "엄마, 마을 사람들이 병에 걸렸는데, 항의도 못 했대. 발암 물질을 막지 못한 기업이 잘못한 걸까? 아무 말도 하지 못한 마을 사람들이 소극적이었던 걸까?"

처음에는 "기업이 나빠"라고 하더니 내용을 곱씹어보며 의미를 헤집어보며 이런 궁금증이 생긴 거예요. 여러 번 읽고 같은 문제도 다양한 관점에서 생각하며 비판적인 사고에 이르게 된 것이죠.

5학년 2학기 독서 단원에서는 신대륙 아메리카를 발견한 이탈리아 탐험가 크리스토퍼 콜럼버스 이야기를 '비판적으로 읽어보기'가 있습니다. 글을 무조건 수용하지 않고 의심해보는 태도를 보이고 읽는다면, 아래와 같은 질문을 해 볼 수 있어요.

### ● 책 내용이 사실인지 질문하며 읽기

"콜럼버스가 태어난 해와 죽은 해는 정확할까?"

### ● 글에 선입견이나 과정, 왜곡이 없는지 생각하며 읽기

"신대륙 발견이 세계 역사를 바꾸었다는 것은 과장된 표현인 것 같아"

### ● 책 내용을 비판하는 질문 하며 읽기

"콜럼버스는 아메리카 대륙을 우연히 발견했는데 위대하다고 할 수 있을까?"

비판적 사고 능력은 단번에 길러지지 않습니다. 우선 책을 깊이 읽고 이해하는 시간이 필요합니다. 그래야 저자의 생각에 조금 더 다가설 수 있고, 글을 잠시 그대로 받아들이기를 멈추고 같은 문제도 다르게 비틀어 보기도 하며 남다르게 생각해 볼 수 있어요.

한편 비판적 사고를 가로막는 장애물이 있습니다. 전문가들은 '문제에 대한 적합한 답'을 찾아내는 공부에 초점을 맞추는 환경이라고 말합니다. 학생들이 암기하는 공부에 익숙해졌다는 거예요.

정해진 답을 찾는데 익숙해진 교육 현실은 글쓰기에도 나타납니다. 2019년에 기초교육원이 서울대 인문대 신입생 160명을 대상으로 글쓰기 능력 평가를 했습니다. 어떤 결과가 나왔을까요? 인문대 신입생의 약 3분의 1이 낙제점 수준의 글쓰기 능력을 보인 것으로 드러났어요.

제목이나 분량과 같은 기본 조건, 맞춤법과 적절한 어휘 사용에서는 비교적 높은 점수를 받았지만 '내용'과 '구성'이 취약한 학생들이 많았던 거예요. 한 번의 시험으로 일반화하긴 어렵지만, 논리적으로 내용을 전개하고, 정해진 답 없이 자유로운 사고가 요구되는 부분, 차별화된 구성에서 취약점을 보였다는 것이죠. 결과를 분석해보니, 글이 천편일률적인 데다가 논리적이고 비판적인 사고 능력이 부족했던 것이었어요.

저는 '서울대 글쓰기' 결과를 두고 한 언론사와 인터뷰를 하며 비판적 사고 능력을 키우기 위한 독서 방법을 이야기했습니다. 글쓴이의 생각을 무조건 수용하기보다 남다르게 생각하고, 여러 관점에서 문제를 바라보며 생각의 경계를 허물어야 합니다. 그 경계가 허물어지고 자꾸 경계 밖으로 생각을 확장해 나갈 때, 책도 저자에 따라 다르게 해석하고 있다는 점을 파악할 수 있게 되고, 글쓴이의 머리와 동기화되어 생각을 분석하고 저자의 생각 밖에서 객관적으로 바라보려 노력하기도 하며 비판적 읽기를 할 수 있답니다.

아이의 비판적 사고 능력을 향상하려면 무엇을 해야 할까요? 비판적 사고를 가르치기에 앞서 집에서 제 생각을 당당하게 말하는 분위기를 만드는 게 1순위입니다.

아이가 부당하다고 느끼고 비판하면, "어른에게 이게 무슨 버릇없는 태도야" 하며 비난하기 전에, 부모도 틀렸다면 인정하고 아이가 자기 생각이 옳다고 믿게 해주세요. 예를 들어, 지키지 못한 약속이 있다면 아이와 함께 '어떻게 해 볼까?' 하며 대안도 생각해 보는 거예요. 자기 생각을 수용 받아본 아이는 다른 사람 의견에 무조건 따라가지 않고 남다른 생각의 날개를 펼칠 수 있어요.

《법대로 하자고?》에서는 '법'의 신뢰성을 비틀어 생각할 수 있게 합니다. 옳고 그르다는 것도 어떻게 바라보느냐에 따라 다르게 평가할 수 있어요. 우리가 믿었던 것, 당연하다고 생각했던 것에 물음표를 던져봅시다.

'법은 진리일까?'

'갈등이 생길 때마다 무조건 법으로 해결해야 할까?'

'법으로 해결하지 않으려면 어떻게 합의할 수 있을까?'

'악법도 법일까?'

'법은 무조건 지켜야 할까?'

'그렇지 않다면 왜 그럴까?'

고학년이 되면 논리적이고 비판적인 사고 능력이 향상되니, 학교에서 토론하는 시간도 늘어납니다. 어떤 현상을 우리 사회와 관련해 생각하는 힘이 자라고, 합리적인지 비합리적인지에 관한 판단 능력도 높아지는 시기예요.

책을 읽고 토론하려면 제대로 읽고 이해해야 하고, 자신과 상대 생각을 분석하고 평가해야 하니, 메타인지 활동을 하게 됩니다. 다른 사람 생각을 무조건 수용하지 않고 그 견해가 얼마나 타당한지 생각하며 제 생각을 다양한 근거를 들어 이야기하는 과정에서 내가 생각한 것을 밖으로 꺼내 보게 되죠.

말을 나누다 보면, 내 생각이 잘 정리되었는지 적절히 표현되고 있는지 살펴볼 수 있으니 자꾸 연습하다 보면 메타인지를 기를 수 있어요.

비판적 사고 능력은 평소, 신문과 뉴스를 주의 깊게 읽으면서도 기를 수 있어요. 사회 현상이나 문제를 다뤄 사회 문제에 관심을 품게 하고 개인과 사회를 위해 무엇이 바람직한지 도덕적으로 생각하는 안목도 키울 수 있으니까요.

논술도 비판적으로 읽고 논리적으로 서술하는 것이 중요합니다. 핵심 쟁점 사항을 파악하고, 자기 입장을 정하고, 어떤 주장을 어떻게 펼치는지가 주요 줄거리이기 때문이죠. 논리적이라는 것은 주어진 상황, 문제, 그리고 주장 등을 있는 그대로 받아들이거나 감정적으로 거부하는 태도가 아니라, 그것이 합리적으로 생각해 볼 때 받아들일 만한 충분한 이유가 있는지를 살피는 일이므로 비판적 사고가 포인트입니다.

비판적 사고의 정의와 특징을 학자마다 다양하게 이야기하고 있는데, 초등학생의 발달단계를 고려해 몇 가지 정리하면 다음과 같습니다. 참고해 보세요.

---

### 비판적 사고의 특징

- 진술의 의미 명료화하기(진술의 의미를 파악해야 수용할지 결정 가능)
- 사실과 의견 구분하기
- 주장에 포함된 편견 찾아내기(고정관념을 구분하고 공정하게 판단)
- 타당한 근거를 들어 주장하기
- 신뢰할 수 있는 정보 파악 및 선택
- 주장을 전개하는 과정에서의 논리적 오류 확인
- 문제를 다양한 관점으로 평가하여 합리적인 해결 방안 찾아내기

---

# ❼
# 반복 읽기
# 효과

　가만히 생각해 보면, 메타인지라는 말만 없었지 우리 선조들도 메타인지를 활용해 읽기를 하며 공부의 깊이를 더했습니다. 반복해서 읽고 또 읽으면서 세상의 이치를 탐구하고, 자신이 가야 할 길을 찾고, 공부의 경지를 높이려 노력했으니까요.

　한 시대를 풍미한 독서가들의 일화를 소개한 《조선 지식인의 독서노트》를 보면 퇴계 선생이 독서법에 대해 이렇게 말하고 있습니다. '잊지 않게 반복해서 읽고 익숙해질 때까지 읽고 또 읽기'

　선조들도 반복 효과를 잘 알았던 것 같죠. '대충 읽고 말하는 것'을 경계하고, 치열하게 읽으라고 말하니까요. 대충 읽고 대강 말해

버리는 것은 들은 것을 '입으로 옮기는 과정'에 불과하다는 것이죠. '이해'로 그치지 않고 익숙해져 마음속에 간직한 뒤에는 '의미 곱씹기'를 하라고 합니다. 반복해서 읽으면서 처음에 지나친 것을 발견하고 새롭게 생각하며 온전히 자신의 것으로 만들었던 거죠.

내가 퇴계 선생에게 독서하는 방법에 대해 여쭈었다. 이에 퇴계 선생께서는 "오직 익숙해질 때까지 읽어야 한다. 대게 독서하는 사람은 비록 문장의 뜻을 이해하고 있더라도, 문장에 익숙해 있지 않으면 읽은 후 즉시 잊어버린다. 그래서 마음속에 간직할 수 없다. 이미 공부한 것은 반드시 완전히 익숙해지도록 더욱 힘을 써야 한다. 그런 다음에야 마음속에 간직할 수가 있으며, 흠뻑 젖어 드는 묘미를 느낄 수 있다"고 말씀하셨다.

(중략) "대충 읽고 대강 말해버린다면, 이것은 몇 마디의 말 혹은 몇 마디의 문장만을 귀로 듣고 입으로 옮기는 쓰레기 같은 학문에 불과하다. 비록 천 편의 글을 모두 외우고 머리가 하얗게 세도록 경전에 대해 떠든다 해도 무슨 이로움이 있겠는가?"라고 하셨다.

그리고 "낮에 독서한 것은 반드시 한밤중에 골똘히 생각하고 풀어봐야 한다"고 하셨다.

-김성일, 《학봉전집》, '퇴계선생언행록'

독서광 하면 빠지지 않던 세종대왕도 책에서 말하고자 하는 내용을 곱씹어 생각하는 게 중요하다고 여겼어요. '백독백습(白讀白習)'은 세종대왕의 독서법으로 유명한데, 한 권의 책을 백 번 읽고 백 번 쓰라는 뜻입니다. 다 이유가 있었던 거죠.

그런데 많은 부모가 책을 반복해서 읽기보다 새로운 책을 부지런히 읽히기를 바랍니다. 한번은 이런 질문을 한 부모가 있었어요.

"학원에 갔더니 자꾸 글을 세 번씩 읽고, 엄마가 체크해 주라는 거예요. 한 번 읽는 것도 힘든데 왜 자꾸 여러 번씩 읽으라고 하는지 모르겠어요"

꼭 몇 번을 읽어야 한다고 정해 놓은 건 아니더라도 말의 의미는 정독하며 잘 기억하라는 것입니다. 새로운 정보가 많으면 한 번 읽고 내용을 정확히 기억하기 쉽지 않으니까요. 특히, 새로운 정보로 가득한 어려운 책이라면 '이게 무슨 말이지?' 하며 읽는 데 에너지를 쏟게 되니 의미를 하나하나 파악하며 해독하기 쉽지 않습니다. 주의를 기울이고 정보를 이해하고 기억하는 과정에서 '인지적 자원'을 너무 소모해버리기 때문입니다. 우리 뇌는 무한하게 많은 정보를 받아들이고 처리할 수는 없습니다.

그러나 나중에 다시 읽어보면 다릅니다. '어? 이런 내용이 있었네' '이런 말이었구나' 생각이 들며 다시 보이고 알게 되는 것들이 하나둘씩 생깁니다. 여행도 마찬가지이지 않나요? 속초에 처음 갔을 때 길이 익숙지 않아 신경 쓰며 다니느라 다녀온 곳들이 세세하게 기억이 잘 나지 않았던 게 아쉬워서 몇 달 뒤 다시 갔었는데, 그때는 느낌이 확연히 달랐어요. 헤매지 않았고 여유가 생기니, 이전에는 못 봤던 곳들이 하나둘 눈에 들어오기 시작했죠. 미처 보지 못했던 전통시장이며 맛집, 돌아오는 길에 만난 해변의 절경들까지 말이죠.

반복 읽기도 이런 장점이 있습니다. 처음에 어려운 책을 읽으면 에너지를 모아 읽는 것 자체에 집중하느라 내용을 세세하게 파악하기 어렵지만, 다시 읽어보면 다릅니다. 인상적인 글귀도 보이고, 지나쳤거나 흥미로운 부분이 발견되며, 모르고 넘어갔던 내용도 앞뒤 맥락을 통해 알아채게 됩니다. 반복 읽기의 장점이 참 많죠. 아이들이 대충 읽고 덮어버린 책이 있다면 다시 펼쳐보게 해주세요.

읽기 능력이 향상되면 반복해서 읽을 때 메타인지 전략이 잘 활용됩니다. 예를 들어 처음 읽었을 때와 같은 속도로 읽기보다 어느 부분을 이해하지 못했는지, 집중하지 못해서 지나쳤는지 살펴보면서 핵심 내용 가운데 놓친 게 있다면 줄을 쳐보고, 다시 읽을 때는 표시해 둔 것 위주로 읽어보는 겁니다. 중요하다면 천천히 또 자세히 읽고, 비교적 덜 중요하다면 빠르게 넘어가며 읽을 수도 있답니다. 메타인지 능력이 발달하면서 책의 목적과 난이도를 고려하며 자기 상황에 맞는 효과적인 읽기 방법을 발견하고 적용할 수 있게 될 거예요.

저는 문학책을 읽을 때, 한번은 등장인물 감정에 푹 빠지기도 하고 다른 날엔 그들의 대화가 예전과는 다른 느낌으로 다가오기도 했어요. 처음에는 줄거리 위주로 기억을 했다면, 또 읽으니 등장인물의 마음이 새롭게 보이기도 했지요. 사건에 집중해서 읽으니 놓쳤던 부분이 다시 보여 보물찾기를 한 듯 기분이 좋았어요.

초등학교 3학년 때 부모님이 처음으로 세계 명작 전집을 사 주셨는데, 《소공녀》《왕자와 거지》《돈키호테》《톰 소여의 모험》 등 시공간을 초월한 신비로운 이야기 속으로 깊이 빠져들었습니다. 지금 떠올려보면 그림도 거의 없고 작은 글만 빽빽한 데다 꽤 두껍기까지 했던 것 같아요. 내용이 긴지, 표현이 어려운지, 이런 건 탐색할 틈도 없었죠. 한번 책을 펼치면 다음 장면이 궁금해 졸린 눈을 비벼가며 상상의 세계로 떠났습니다. 부모님이 "책 좀 그만 읽고 자라" 하시는 게 아쉬워 방 안의 불은 다 끄고 작은 스탠드를 켜 놓고 누워서까지 읽다 잠들기 일쑤였죠.

《운영전》《숙향전》《배비장전》에 이르기까지 우리나라 고전문학에 빠졌다가, '다른 나라는 어떨까?'라는 궁금증에 각 나라 신화 관련 책을 찾아 몇 개 없던 동네 서점과 도서관까지 뒤져가며 용돈이 생길 때마다 수집했던 기억이 납니다. 같은 책을 수없이 읽으면서도 지루한 줄 몰랐어요. 그때마다 새롭게 만나는 세상이 있었으니까요.

반복 독서는 망각과 싸워야 하는 기억의 특징을 생각하면 꼭 필요할 때가 있습니다. 분명 책을 읽었는데, 며칠이 지나 "몰라. 기억 안 나"라고 대답하는 아이를 보면, 속 터진다 싶을 때 있으시죠. 기억의 비밀 때문이에요.

독일의 심리학자 헤르만 에빙하우스는 외운 것도 시간의 경과에 따라 잊어버리고 만다는 '망각곡선'을 소개했어요. 연구에 따르면, 망각이 학습 직후에 매우 급격히 일어난다고 합니다. 학습 뒤 10분 정도부터 망각이 시작돼 1시간 뒤에는 절반가량을, 한 달이 지나면 약 80%나 잊어버린다는 거죠. 시간에 따라 얼마나 망각하는지를 다음과 같이 보여줍니다.

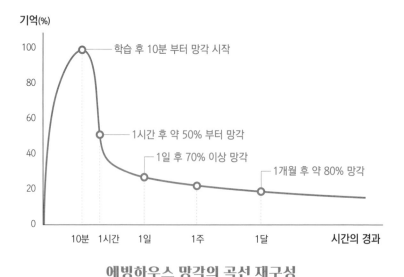

**에빙하우스 망각의 곡선 재구성**

이 이론에 비판적인 시각도 있지만, 분명한 건 기억은 시간이 지나면 점점 사라지니 망각의 속도를 더디게 할 방법을 찾고 적용해야 한다는 거예요. 일정한 간격을 둔 주기적 복습이 중요한 까닭입니다.

효과적인 공부법을 말할 때 '분산 학습'도 빠지지 않고 거론됩니다. 일정량의 학습을 도중에 적당한 휴식을 취하며 나누어 학습하는 방법을 말합니다.

<시사기획 창>에서는 분산학습 효과에 관해 한 가지 실험을 했어요. 우수한 학생들이 모인 고등학교의 1학년 학생들에게 20분 동안 아주 어려운 단어 20개를 외우도록 했지요. 첫째 날은 쉬지 않고 20개의 단어를 몰아서 외우도록 하고, 둘째 날은 4분 동안 단어를 외우고 휴식을 취하는 방법으로 5번에 나누어 외우도록 했습니다. 그리고 2번에 걸쳐 시험을 치르게 했죠. 5분 뒤, 그리고 1주일 뒤였죠. 결과는 어땠을까요?

몰아서 공부했을 때와 나누어서 공부했을 때를 비교했을 때 5분 뒤에 친 시험 점수는 두 그룹 모두 95점이 넘을 정도로 차이가 거의 없었지만, 일주일 뒤의 결과는 확연히 달랐어요. 몰아서 공부했던 학생들은 겨우 30점을 넘겼고 나눠서 공부한 그룹은 54점가량 나왔던 겁니다.

시간이 지나서 두 그룹 모두 망각이 진행됐지만, 나눠 공부하는 분산학습이 벼락치기보다 장기기억으로 넘어가는 정보가 많다는 증거를 보여줍니다. 방송에서 윌리엄스 대학의 코넬 교수는 분산학습의 효과를 이렇게 설명합니다.

"분산학습이 더 좋은 이유는 기억 꺼내기를 반복하게 만들기 때문입니다. 간격을 자주 두고 공부할수록 기억을 꺼내는 노력을 더 자주 하게 됩니다. 어려울수록 더 많이 배우는 겁니다"

난이도나 아이 각각의 학습 능력과 학습량에 따라 효과에 차이는 있지만, 자꾸 기억을 꺼내 보며 조금 어렵게 공부할 때 메타인지를 쓰게 되고 장기기억에 저장되는 정보가 많아지는 겁니다. 효과적인 분산학습 효과를 독서에도 적용해 볼 수 있을까요?

재미있는 책을 몰입해서 읽다 보면 전체 흐름이나 중요한 내용이 강렬하게 기억되기도 하지만, 지식 책과 같이 정보량이 많다면 제 학년에 맞는 책으로 분류했어도 더더욱 한 번에 다 이해하고 세부적인 내용까지 기억하기란 어려운 법입니다. 아무리 관심이 많은 주제라도 새로운 지식을 접하고 오래 기억하려면, 반복해서 읽기가 필요합니다. 아이가 원한 독서가 아닌 한, 책은 너무 여러 번 읽으면 흥미와 집중도가 오히려 떨어질 수도 있으니 2~3번 정도만 반복하세요.

주의할 점은 집중 없이 기계적으로만 반복해서 읽으면 효과가 떨어진다는 겁니다. 읽기를 하면서 얼마나 이해하는지 스스로 판단하고 이해되거나 반대로 이해되지 않은 부분을 구분해서 이해되지 않은 부분은 다시 읽는 것이 바로, 메타인지 전략을 활용해 읽는 것이랍니다. 어떻게 읽을지 방법을 조정하면서 깊이 이해할 수 있도록 하는 거죠.

'얼마나 이해하는지'라는 '앎의 정도와 수준'을 부모들은 잘 모릅니다. 결국, 얼마나 이해했는지 스스로 점검하는 것에 익숙해지고, 방법을 찾고 적용해 보는 주체는 아이여야 해요. 하지만 초등학생은 혼자 힘으로 이를 해내기에는 아직 메타인지 능력이 부족합니다. 이렇게 책을 잘 이해할 방법을 귀띔해주세요. 말해보는 겁니다. "이 책 어려웠니?"라며 이해도를 점검할 수 있게 하고, "다음에 다시 읽어보자"라며 독려하고, 다시 읽을 때는 "중요한 부분은 집중해서 읽어보자"와 같이 말이죠. 이렇게도 읽어보고, 저렇게도 읽어보다가 내용을 이해하고 알아가는 기쁨을 경험해본다면, 아이는 더 적극적으로 책의 세계로 뛰어들게 될 거예요.

만약 독서가 미숙하다면 아이 수준보다 쉬운 책을 읽으며 제대로 이해할 수 있게 하는 것이 우선입니다. 지식 책은 생소한 개념에다가 어휘와 각종 배경지식으로 채워져 단번에 읽고 기억하기 어려울 때가 많아요. 독서가 어려운 공부처럼 부담돼 책과 멀어지지 않게 하려면, 조금 쉬운 책을 읽고 '제대로 한 권 읽었네' 하는 뿌듯함을 느껴보게 하는 경험이 크게 도움 됩니다. 단, 메타인지의 특성상 쉬운 것만 접하면 이 능력을 잘 쓰게 되지 않으니, 읽기에 자신감이 생겼다면, 조금씩 조금씩 어려운 책에 도전하게 해주세요.

책장 가득한 책을 보면, 왠지 뿌듯하죠? 그러나 많은 책을 읽은 것보다 반복해서 읽은 책이 많을수록 기억에 남는 진짜 독서로 아이 안에 깊게 자리 잡을지도 모릅니다. 오늘도 새로운 책으로 가득 채우고 있다면, 읽었던 책을 다시 펼쳐보는 것은 어떨까요?

5교시

# 독서는 감정이다

# ①
# 긍정적인 책
# 감정 심어주기

아이들을 책 세상으로 초대하는 가장 큰 힘은 동기입니다. 아이 마음을 움직이는 힘이니까요. 책을 많이 읽고 공부를 잘해서 똑똑해질 수 있습니다만, 아이 마음이 움직이지 않으면 찰나로 끝나기 십상입니다. 그러니까 공부를 잘하고 똑똑해지는 건 오래 갈 수도, 제대로 해서 좋은 효과를 거두기도 어렵다는 거죠.

메타인지도 아이가 제대로 알고 싶다는 마음을 먹고 적극적으로 생각 기술을 활용하는 것이에요. 성취감을 느꼈고, 잘해보고 싶은 의지가 생겼고, 또 잘해보니 높은 과제에 도전해 보고 싶은 마음, 이 모든 것이 '열심히 하고 꾸준히 하게 하는' 힘이 됩니다. 이런 마음의 힘이 있어야 공부도 독서도 꾸준히 또 열심히 하게 됩니다. 우리는 얼마나 긍정적인 책 감정을 심어주고 있나요?

　저는 유명하다고 소문난 전집을 구비하고, 하루에 몇 권씩 꼭 읽혀야지 하면서 열정을 불태운 엄마는 아니지만, 나름대로 노력한 한 가지가 있어요. 그건 시켜서 하는 독서가 아니라, 아이들 마음이 책을 향하게 한 것이죠.

　저는 책에 대해 느끼는 감정을 '책 감정'이라고 부릅니다. 저희 두 아이 모두 책을 참 좋아합니다. 둘 다 책벌레냐고요? 아들이 독서광 수준인 건 맞지만, 초등학교 4학년인 딸은 좋아하는 책이 보일 때, 관심이 있는 책 위주로 읽고 또 읽는 편에 속합니다. 다만, "난 책을 좋아하는 아이야"라며 독서에 긍정적인 감정을 품고 있어요.

　아들은 식탁에 책상에 앉으면 반사적으로 책부터 집어들 정도로 책을 좋아합니다. 3학년 때였을까요. 열이 펄펄 끓어올라 아파서 잠을 못 이루던 새벽에도 "'아프니까 책을 읽어야지 잊을 수 있어" 하며 책을 펼쳤을 정도이니 말이죠.

　초등 시절은 '책을 좋아하는 마음'이 자라 평생 독자로 성장할 수 있는 중요한 시기입니다. 이때 책에 대한 좋은 기억을 최대한 많이 만들어주는 것이 중요합니다. '박민근 독서치료연구소' 박민근 소장은 성인이 되기 전 형성된 독서 애호감을 키워주어야 한다고 말하며 독서 애호감은 '화석 기억'에 가깝다고까지 표현했지요. 그러면서 긍정적인 감정과 그 감정을 만드는 뇌 신경이 고착화하는 것이 고학년 즈음이라고 말하죠. 그렇다면 우리 아이들의 책 감정은 어떨까요?

아이들과 책 감정에 관해 이야기를 나누었죠. 아들이 저학년 때 "책 하면 떠오르는 느낌 있잖아. 좋은 기억들, 어떤 게 생각나?" 하고 제가 물었어요. 아들은 도서관에 갔던 기억에 대해 말했죠.

"도서관에 가서 책을 빌려오면서 근처에서 항상 맛있는 것 먹었잖아. 그래서 나는 책을 빌리는 것도 좋았지만 그게 참 좋았어"

딸은 또 다른 기억을 끄집어냅니다. "책을 엄마가 영화 대사처럼 재미있게 읽어주잖아. 놀이 같고 엄마가 나를 위해서 열심히 읽어주는 걸 보니 재미있었고 기분이 좋아"라고 했죠. 이처럼, 아이마다 좋아하는 것도 느끼는 것도 다릅니다. 같은 활동이라도 아이마다 다른 느낌으로 받아들이는 겁니다.

어떤 아이는 '독후 활동'을 하는 게 그렇게 싫었다고 하는데 또 어떤 아이는 그 순간이 너무 즐거웠다고 이야기합니다. 쓰는 활동을 힘들어하는 아이가 쓰는 독후 활동만 많이 했더니, 좋은 기억으로 남지 않았던 거죠. 반면에 같은 독후 활동이라도 자기가 좋아하는 방식으로 한 아이는 다릅니다. 인상 깊은 장면을 떠올려 자유롭게 그림을 그리는 것을 좋아한 아이에게는 그 시간이 꿀맛 같았던 겁니다.

아이의 책 감정을 들여다보세요. 아이가 무엇을 좋아하는지 '관찰'하고 아이가 좋아하는 장소, 즐거워하는 활동과 연결해 경험하게 해주세요. 따뜻한 기억은 무엇인지도 나눠보세요. 오래 또 자주 꺼내어볼 수 있게 기억 서랍에 차곡차곡 넣어두세요. 그 순간들이 모여 책을 좋아하는 아이로 자랄 수 있을 테니까요.

즐겁고 재미있고 행복한 감정을 느낀다는 건 하면 할수록 기분 좋은 '내적 보상'을 받는 셈이랍니다. 이것도 동기가 됩니다. 아이들은 즐거운 기억이 있으면 "또 해 보고 싶어"라며 적극적으로 참여하고 재미있으면 눈을 못 떼죠. 재미는 아이들을 움직이게 하는 무엇보다 강력한 동기가 되니까요. 독서 습관이 자리매김하지 못했다면, 먼저 '재미'와 '독서'를 연결해서 많이 경험하게 해주세요. 긍정적인 책 감정이 책을 펼칠 수 있게 한답니다.

나들이 가듯 편안한 마음으로 도서관에 들러보면 어떨까요? 구경도 하고, 간식도 사 먹고, 무료로 상영하는 영화도 보고, 도서관에서 하는 각종 프로그램도 접해 보세요. 미술, 북아트, 역사 배우기, 과학책을 읽고 호기심 키우기, 애니메이션 그리기까지, 흥미와 관심에 맞는 프로그램을 접하면 도서관은 즐거운 체험 공간으로 기억됩니다.

친구를 사귈 때도 처음에는 낯설지만 자주 만나고, 관심을 가지면서 더 궁금해지고, 언제든 편안하게 손을 내밀 수 있는 단짝이 되는 것처럼, 책도 아이 마음을 따뜻하게 만들어준 경험이 많을수록 그 긍정적인 기억이 책과 친구가 될 수 있게 해줄 거예요.

책에 대한 아이 생각과 감정은 어떤지, 책을 읽을 때 어떤 기분이 드는지, 가장 좋아하는 책, 이유는 또 무엇인지 대화하다 보면, 아이도 책에 대한 제 생각을 들여다볼 수 있어요. 책에 대한 긍정적인 기억은 무엇인지 꼭 대화해보세요.

# ❷
# '부정적인 책 감정'을 키우는 부모의 말

　책에 대한 좋은 기억만 심어주고 싶지만, 현실이 어디 그런가요. 책을 좋아했다가도 조금만 어려운 책이 등장하면 "안 읽을래" 하며 덮기도 하고, 책 자체에 관심이 없는 경우도 수두룩해요. 하물며 어떤 일을 계기로, 책에 대한 부정적인 감정이 생겨버려 책이라는 말만 들어도 "머리 아파"라며 손사래 치기도 합니다. 그런데, 이것 아시나요? 우리도 모르게 부정적인 책 감정을 키우는 상황을 자주 만든다는 사실을요. 어떤 경우일까요?

| 부모 | 책 좀 읽어 |
|---|---|
| 아이 | 싫어 |
| 부모 | 독서를 해야 똑똑해지지. 이따 잘 읽었는지 내용 물어볼 거야 |
| 아이 | 나 다른 책 읽고 싶은데… |
| 부모 | 이것부터 읽고 나서, 알았지? 대신 소설책은 안 돼. 오늘 책 3권은 읽어야 해. 특히 과학책은 꼭 읽어야 해 |

부모가 원하는 책으로, 정해 놓은 양으로, 독서를 과제처럼 시킨다면 부정적인 책 감정이 생길 수밖에 없어요. 많이 읽히려다가 외려 싫어하게 만들어버리는 거죠. 아이러니하게도 "독서를 열심히 해야 생각이 자라는 거야"라고 하지만, 정작 독서 외에는 생각할 기회를 많이 주지 않는 경우를 자주 보게 됩니다. 여러분은 어떠세요? '책' 소리만 들어도 '아~ 읽기 싫어' '머리 아파'라는 부정적인 책 감정을 심어주고 있지는 않은지요.

공부는 정서가 안정된 아이들이 잘한다고 하죠. 독서도 그래요. 즐겁게 읽으면 머리에 쏙쏙 들어옵니다. 그런데 부정적인 감정으로 가득 차 있다면 그러지 않습니다. 이것은 뇌의 작용, 특히 감정과 관계가 깊어요. '감정의 뇌'라고 불리는 '변연계' 때문이에요. 스트레스가 쌓이고 부정적인 기억이 오래 지속되거나 마음이 불안할 때, 감정의 뇌에 눌려 이성의 뇌라 불리는 영역이 힘을 쓰지 못하는 상황이 초래된다고 합니다. 가령, 친구와 싸운 일이 머리를 맴돌거나 부모님께 꾸중 들을까 봐 불안할 때, 가정불화가 있을 때도 초긴장 상태에 놓여 집중하기 힘들고 이성의 뇌가 제 기능을 하지 못하게 됩니다. '부정 편향성 이론'에 따르면, 인간은 분노, 슬픔, 공포와 같은 부정적 감정에 몰두하는 경향이 있다고 해요. 그러니 힘든 상황에 내 의지와 상관없이 어려운 책만 읽게 하지 않았는지도 생각해 보세요.

독서 태도에 관한 연구를 보면, 학년이 올라갈수록 독서 동기가 줄어드는 경향을 보여주었어요. 읽기 태도 점수도 마찬가지였어요. 어느 순간, 읽기를 멈췄다면 독서 신호등에 빨간불이 켜지는 이유를 살펴보세요.

| 독서 신호등에 빨간불이 켜질 때 |
| --- |
| • 두껍고 어려운 책 위주로 읽다 독서가 어느 순간 공부로만 느껴질 때<br>• 내가 좋아하는 책을 읽고 싶은데 선택권이 없어질 때<br>• 독서 말고도 재미있는 것이 많다는 것을 알고 게임에 빠질 때<br>• 공부를 하듯 모든 책을 부모가 설명하려 할 때<br>• 학원 가기도 바쁜데 책 읽는 것이 피곤하고 힘들어서 |

공부할 양이 많아지고, 독서도 공부처럼 느껴지며, 아이가 좋아하는 책을 선택할 기회가 자꾸만 사라질 때 아이들은 책과 거리감을 느낀다는 것을 알 수 있어요.

아이 감정은 부모에게 많은 영향을 받습니다. 부모가 되면 할 일이 많고 바쁘고 챙길 것도 많다 보니 몸이 피곤하고 머리가 복잡해 '읽는 것' 자체가 일처럼 힘들게 느껴질 때가 많아요. 그러다 보니 책만 봐도 "아이고 머리야" 하며 부정적인 반응을 보이곤 하죠. 그런데 아이에겐 "책 좀 읽어"라고 명령하면 아이는 어떻게 느끼겠어요?

우리는 잘 느끼지 못해도 아이들은 부모의 눈빛, 말투, 한숨 소리, 표정을 통해서 다 보고 듣습니다. 이런 걸 '비언어적 표현'이라고 하는데, 말이 아니어도 많은 사실을 알려줍니다. '엄마는 안 읽으면서' '아빠는 책 싫어하면서'라는 마음이 들게 되겠죠. 메타인지는 자기반성적 사고를 하고 성찰하며 나 자신을 돌아보는 눈이에요. 우리는 아이 행동을 바꾸고 싶어서 "이렇게 해"라고 말하지만, 아이에게 닿지 않는 무력한 말을 할 때가 참 많습니다.

한번은 한 칼럼에서 '아이에게는 들리지 않는 헛스윙언어'라는 주제의 글을 쓴 적이 있어요. 말을 할 때 아이에게 닿지 않으면 공을 아무리 많이 던져 주어도 한 번을 못 맞추는 헛스윙처럼 되어버린다는 것이죠.

아이들이 관심이 없을 때, 주의를 기울이지 않을 때, 부정적인 말이 불안감만 줄 때, 부모의 말은 더는 마음에 와닿지 않습니다. 우리는 분명 말을 했지만, 아이가 제대로 듣지 않으니 행동에 변화를 바라기는 언감생심이겠죠.

부정적인 말과 태도로 아이를 대하고 있다면, 우리는 어떤지 메타인지로 거울처럼 바라보고 성찰하며, 점검해 봅시다.

| '부정적인 책 감정을 키우는 말과 태도' (예시) |
| --- |
| 1. 아직도 다 안 읽었니?, 도대체 언제 읽을 거야 (재촉하는 말) |
| 2. 왜 이렇게 이해를 못 해! (주눅 들게 하는 말) |
| 3. 다른 애들은 척척 읽는데 넌 이것도 못 읽니? (비교하는 말) |
| 4. 오늘 5권은 꼭 읽어야 해 (부담 주는 말) |
| 5. 그런 책은 아무 쓸모가 없어 (책 선택을 가로막는 말) |
| 책 싫어하게 하는 말 습관 점검하기 |
| 1. ( ) |
| 2. ( ) |
| 3. ( ) |

# ❸
# 독서에 대한
# 자기 결정권 주기

　좋은 책을 많이 읽었으면 하는 게 부모 마음이죠. 그래서 책장 가득 소문난 전집으로 채우곤 합니다. 그런데, 아이 스스로 책을 선택할 수 있게 하는 것이 훨씬 더 큰 가치가 있습니다. 집 밖을 나서면 수많은 책을 만나게 될 텐데, 자기 취향에 맞고 수준에 적합하고, 도움이 될 책을 고를 수 있다는 것도 중요한 독서 능력입니다. 독서에 대한 자기 결정권을 주세요.

　아들이 5학년 때였어요. 수업이 끝났다며 전화가 왔는데 대뜸 학원을 가지 않겠다는 겁니다. "왜 그러지?"라며 궁금해하던 찰나 아들이 말했어요.

"엄마, 수업 끝났는데, 학교에서 《악플전쟁》이란 책 읽었거든. 그런데 내용이 다 없으니 궁금해 죽겠어. 지금 학원에 갈 때가 아니야. 나 도서관에 좀 다녀올게. 책 찾아봐야 해"

나중에 들어보니, 다행히 학교 도서관에서 책을 빌릴 수 있었고, 학원 수업이 시작되기 전과 쉬는 시간까지도 짬짬이 읽었다고 하더군요. 얼마나 내용이 궁금했던지, 다 읽지 못했던 이야기 뒷부분이 궁금해서 견딜 수 없었던 거죠.

《악플전쟁(이규희, 별숲)》은 사이버 세상에서 벌어지는 세 아이의 소리 없는 전쟁을 그린 이야기예요. 심각한 사회 문제인 악성댓글의 문제점을 생각하게 하는 책입니다. 인터넷을 사용하며 이런 인터넷 문화의 폐해를 생각했던 아이에게 더 궁금증을 불러일으켰던 거죠. 그 마음이 도서관으로 총알 같이 달려가게 한 것인데 이후에 사이버 문화에 관한 책을 여러 권 빌려와서는 뿌듯해했습니다.

"엄마, 이것 봐. 내가 사이버 문화가 궁금했는데, 이 책은 만화긴 하지만 재미있을 것 같아서 골랐고, 이건 좀 어려운데, 내용이 아주 자세하더라고. 같이 읽으면 딱 좋을 것 같아서 빌려왔지"

아이들이 관심과 읽기 수준에 맞는 책을 찾아서 선택하는 것은 평생 독자가 될 연습을 하는 거로 생각해요. 부모가 언제까지나 좋은 책을 골라줄 수는 없으니까요. 학교에서도 독서 단원을 통해 책을 선택하는 방법을 알아봅니다. 내가 좋아하는 것을 파악하고, 도움이 되는 책은 무엇인지 생각해 보고, 내 수준에 맞는 책인지 아닌지도 판단할 때 메타인지가 필요합니다.

스스로 결정한다는 것은 또 어떤 장점이 있을까요? 사회심리학자 에드워드 데시와 리차드 라이언은 외적 동기와 내적 동기를 비교한 연구로 유명합니다. 자기 행동을 스스로 결정하고 선택하려는 '자기결정 욕구'가 성과를 이끄는 동기의 근원이라고 봤지요.

'자율성'을 지지하는 상사 아래에서 일하는 직원들의 업무 만족도가 높았고 이것이 높은 성과로 이끌었던 겁니다. 이처럼 자율성이 보장되면 내적 동기가 발현되고 성공적인 목표 성취로 이어진다는 거예요.

자율성은 선택권이 있다는 말입니다. 내가 선택하고 결정할 수 있다는 마음은 내적 동기로 작용하죠. 결국, 내적 동기가 좋은 성과도 이루어낼 수 있다는 겁니다.

기자 출신의 저자 찰스 두히그 역시, 일과 삶에서 성공한 사람들의 비밀을 밝힌 《1등의 습관》에서 동기부여를 위해서는 '행동과 주변 환경에 대한 지배권을 자신이 갖고 있다는 믿음'이 필요하다고 말합니다. 스스로 환경을 통제하고 선택할 자유가 있다고 믿는 것은 이렇게 강력한 힘이 있습니다.

아이들도 그래요. 스스로 목표나 과제를 정하고, 읽을 책을 선택하며 내적 동기의 추진력으로 행동할 때 더 신이 납니다. 연구에 따르면, 스스로 읽을 수 있는 책을 선택해서 읽으면 독서를 잘할 수 있다는 믿음, 즉 독자 효능감이 길러지고 읽기 동기가 높아진다고 해요.

우리도 그렇죠. 백화점을 갔다고 상상해 볼까요. 열심히 구경했는데, 결국엔 배우자가 사주는 옷만 입어야 한다면 옷 선택권이 박탈당해 흥이 나지 않겠죠. 내가 입고 싶은 옷을 사러 갈 때나 상대방이 "입고 싶은 것 골라봐" 하면 눈을 반짝이며 둘러보기 시작합니다.

아이들은 당장 재미있는 것만 줄곧 하려는 성향이 강하고, 자신의 읽기 수준을 파악해 효과적인 책을 고르는 능력이 다소 부족해요. 읽을 책, 장소, 시간을 부모 의견을 넌지시 제시하면서 아이 의견을 존중하며 함께 선택해 보세요. 예를 들어, 읽었으면 싶은 책 3권을 추천한다면, 1권은 아이가 자유롭게 선택하게 해주세요. 무엇을 읽느냐도 중요하지만 스스로 선택하는 경험을 해 보는 것도 중요한 공부랍니다.

다독할 때는 아이가 좋아하고, 또 쉬워서 읽기 쉬운 책을 선택해야 여러 책을 읽을 수 있습니다. 평소에는 좋아하는 책을 가리지 않고 많이 읽을 수 있게 선택의 자율성을 갖게 하면, 독서 습관을 꾸준히 이어가는 데 도움이 됩니다.

반면, 내용을 깊이 이해해야 할 때는 정독하며, 자신의 읽기 수준에 맞는 책을 꼼꼼히 볼 수 있게 아이와 의논해 읽을 책을 함께 선택하는 것이 좋습니다.

'책 선택'을 아이가 해 보게 하는 데는 또 다른 중요한 이유가 있어요. '자기결정'을 한다는 것은 인생의 모든 순간에서 더할 나위 없이 중요하기 때문이에요. 인생에서 만나게 될 수많은 선택의 순간에 '어떤 결정'을 할지는 아이 몫이니까요. 책 선택이 그 출발선이 됩니다.

스스로 선택해서 그로부터 작은 성공을 경험해 본 과정이 쌓여 유능감이 자랄 수 있어요. 아이들은 성공해 본 경험의 힘으로 자신 있게 오늘을 살고 내일의 희망을 찾습니다. 잘 모르는 부분이 있으면 '책'을 통해 얻을 수 있다는 것을 알고, 그 목적에 맞는 책을 찾아보고, 필요한 자료나 내용을 탐색하면서 학습에 도움이 되는 방식을 찾고 경험해 보는 것이 메타인지의 과정입니다.

책 선택이 아니더라도 아이가 만족할 환경을 만들어서 '내가 결정했어'라는 뿌듯함을 느끼게 해주는 방법도 많습니다. 예를 들어, 책 읽기 좋은 공간을 아이가 스스로 만들어보는 거예요. "엄마, 나는 소파에서 책을 읽으면 폭신해서 몸도 편안해서 좋아. 옆 탁자에 스탠드를 옮겨오면 밝아서 분위기도 좋을 것 같아" 부모로서도 충분히 아이 의견을 들어줄 수 있는 아이디어죠? '내가 선택하는 힘이 있고 내 의지대로 뭔가를 해 볼 수 있어'라는 마음을 갖는 것으로 충분합니다.

독서도 공부도 마음이 합니다. 공부 방법도 스스로 선택해 보고, 실수해도 또 자신에게 맞는 방법을 찾다 보면, 점점 잘하는 방법을 알게 됩니다. 어린 시절부터 스스로 결정하고 자기 일을 계획하게 해주세요.

# ④
# 독서 습관을 만드는
# 과학적인 방법

엄마들이 '독서 습관 좀 잡았으면 좋겠는데 말이 쉽지, 잘 안 돼요'라고 푸념을 하십니다. 목마른 사슴이 우물을 찾는다잖아요. 반가운 소식이 있습니다. '습관'을 만드는 단축키를 만들 과학적인 접근법이 있다는 겁니다. 정답은 될 수 없어도 참고할 만합니다. 행동을 반복하게 하는 원리라고 하니 응용할 데도 많겠죠.

SBS <당신의 인생을 바꾸는 작은 습관>이라는 방송을 보면, 하루 일상적인 행동의 40%는 습관이 하는 일이라고 합니다. '습관'은 반복적 행동이 초래하는 뇌 회로의 '자동시스템화'라며 아침에 눈 뜨면서부터 무의식으로 했던 수많은 행동이 습관 때문이라고 해요.

매번 할 일을 고민한다면 피곤하겠죠. 그래서 우리 뇌는 자주 반복하는 일은 고민하지 않고 알아서 자동으로 처리할 수 있게 습관으로 만들어버린다고 합니다. 쉽게 처리할 수 있도록 뇌가 만든 '단축키'와 같다는 거죠.

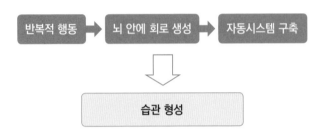

책장이 식탁 뒤에 있어서일까요? 책을 좋아하는 아들은 잠깐 책을 훑어보다 관심이 있는 걸 발견하면 오래 생각하지 않고 서슴없이 골라옵니다. 환경이 한몫했던 것 같습니다. 책을 보고, 고르고 펼치고 읽기까지 빠르게 이루어집니다. 책상이나 식탁과 같이 아이가 자주 가는 곳 근처에 재미있는 표지 그림이 잘 보이게 두었더니, 한 장 한 장 펼쳐보던 반복적인 행동이 뇌 회로의 자동시스템화가 된 거예요.

《습관의 힘》이라는 책을 보면 습관이 만들어지는 고리(습관 고리)가 있는데 3단계에 걸쳐서 만들어진다고 해요. '단축키' 원리와 비

숫합니다. 첫 번째는 '신호', 두 번째는 '반복 행동', 세 번째는 '보상'
이에요.

첫 단계인 '신호'는 왜 중요할까요? 뇌에 자동 모드로 들어가 어떤 습관을 사용하라고 명령하는 자극이기 때문이에요.

반복적으로 행동하려면 쉽게 할 수 있는 일로부터 시작해 보는 것이 좋아요. 같은 시간에 책 한 장, 아니 반 장이라도 읽기 시작하면 '습관을 사용하라는 자극'이 됩니다. 일단 '행동'하고 조금씩 반복해야 오늘보다는 내일, 내일보다는 일주일 뒤에 이 과정이 더 익숙해지게 되죠. 자동화는 '거부감'이 적어지고 덜 피곤해 자연스럽게 행동할 수 있게 된다는 것이니 부담이 적어야 좋습니다.

예를 들어 '저녁 식사 후 10분 뒤에 15분 책 읽기'와 같이 어렵지 않은 행동을 반복해 보세요. 점점 성취감과 뿌듯한 감정을 느끼면 습관 고리 3단계의 '보상'이 됩니다. 습관을 만들 때 보상이 왜 중요하냐 하면 '앞으로도 이 행동을 계속 기억할 가치가 있는가'를 판단하는 기준이 되기 때문입니다.

습관은 기특한 일을 해냅니다. 기르기는 힘들어도 한번 잘 들이면 수월해지는 것이죠. 뇌에서도 확연히 다른 반응을 보입니다. 방송에서 영어가 습관처럼 익숙한 실험자 A와 익숙하지 않은 실험자 B를 비교했지요. 두 사람에게 영어단어를 보여주고 틀린 단어를 찾게 했는데, 뇌에서는 어떤 차이를 보였을까요?

뇌의 전전두엽은 특정 과제를 수행할 때 인지적인 노력을 많이

들이면 활성화하는데, 영어가 익숙하지 않던 실험자는 익숙한 실험자보다 더 활성화됐어요. 실험은 이렇게 말합니다. '습관이 되면 더 적은 자원으로 효율적으로 일할 수 있다!' 습관이 없으면 뇌를 많이 써야 하지만, 일단 습관이 생기면 그 일을 덜 힘들게 할 수 있습니다.

만약 독서 습관을 기르면 점점 더 책에 손이 가는 횟수가 많아지고, 크게 고민하지 않고 책을 펼치게 되면서 익숙해지는 거죠. '보상'을 적절히 활용하면 습관 만들기가 수월해집니다. 독서 습관 형성이 힘든 이유는 스스로 '하고 싶어'라는 마음으로 책을 펼쳐야 하는데, 방해 요소가 넘쳐나기 때문이에요. 스마트폰이나 게임은 '재미'라는 비교적 즉각적인 보상이 오니 유혹에 쉽게 빠져듭니다.

아이들에게 '행동을 반복'하게 하는 강력한 동기는 무엇보다 '재미'겠지요. 평소에는 졸리면 짜증을 내는데, 재미있는 놀이를 할 때는 자라고 한다고 또 화를 냅니다. 재미는 자꾸 하고 싶게 만드는 '내적 동기'를 일으킵니다. '흥미' '관심' '호기심'도 동기가 될 수 있어요. 재미있고 좋아하는 것을 할 때 뇌에서는 도파민이라는 동기 부여 호르몬이 '몰입'할 수 있게 도와주니, 평소보다 학습 효과도 높다고 해요.

"책 읽을 거야" 하는 생각처럼, 자발적인 마음이 드는 것을 내적 동기라고 하는데, 아이 스스로 무언가를 성취하려는 동기가 생기는 상태입니다. 독서 자체가 주는 재미 때문에 계속 읽거나 책을 통해 배우고 깨닫는 것이 보람 있어 계속 책장을 펼치게 되는 것처럼, 행동 그 자체가 목적이 되는 것이 내적 동기의 힘입니다.

간식이나 선물 같은 보상은 동기나 내 마음의 바깥에서 오는 것이라고 해서 '외적 동기'라고 하는데, 빠른 효과를 원할 때 투입하지만 언 발에 오줌 누기로 끝날 때가 흔합니다. "장난감 사 왔다. 내일도 책 읽자" "목표량 채우면 먹고 싶은 것 시켜줄게"와 같이 빠른 효과가 날 만한 당근이지만, 언제까지 줄 수 없다는 단점에 가로막히게 되지요.

그러나 아이가 동기가 거의 없는 무동기 상태라면 외적 동기로 절충을 시도해봄 직합니다. '동기'부터 채워줘야 의욕이 조금이라도 생길 수 있으니, 칭찬 스티커, 간식, 선물, 게임 이용권과 같은 것으로 관심을 끌어보는 거죠. "읽어보니 재미있네"라는 생각이 들면 의욕이 생기기도 하니까요.

받으면 받을수록 더 큰 보상을 바라는 게 마음의 간악함입니다. 선물로 상품권 5만 원을 받고 좋아했는데, 그다음에는 10만 원이 아니어서 섭섭한 것처럼요. "오늘은 어제보다 책을 한 권이나 더 읽었네" "진지하게 읽는 모습을 보니 대견하고 기특해"처럼 부모가 독서 태도를 두고 하는 '칭찬과 인정'도 보상이 될 수 있다는 점을 명심하세요.

초등학생은 도덕성이 빠르게 발달하는 시기라 보람 있는 일을 하고 인정받는 경험을 자주 하면 스스로 만족할 만한 일을 찾아 나서게 되고 의미 있는 행동을 하려는 동기도 강해집니다.

도덕성은 옳고 그름을 판단하는 능력을 말하는데 욕구와 감정을 조절하고 의미 있는 일을 하려는 태도와도 관련이 있어요. 책이 어제보다 나은 나를 만들어주고, 올바른 가치관을 길러준다는 것을 아는 아이, 어려운 사람의 이야기에 공감하며 선한 영향력을 미치고 싶다는 마음 같은 것 말이죠. 습관에 대한 아리스토텔레스의 명언이 생각납니다. "우리가 반복하는 행동이 곧 우리다. 그렇다면 탁월함은 행동이 아닌 습관인 것이다" 매일 읽는 책 한 장 한 장이 밝은 미래로 이끌어줄 거라고 믿어요.

# ⑤
# 함께하면 쉬워지는
# '습관 만들기'

쉽고 친숙하게 할 수 있는 일과 조금 어려운 행동을 함께하면 습관으로 만들 수 있어요.

행동과학자 션 영 교수는 습관 만들기로 '깊이 새기기'를 권합니다. 우리 뇌는 어떤 일이 반복해서 일어나면 그 정보와 행동을 깊이 새겨서 저장한다고 해요. 의식하지 못해도 뇌가 그 정보를 깊이 새겨 친근하게 받아들이고, 그러고 나면 비교적 쉽게 할 수 있게 한다면서 다음의 연구를 소개했어요.

두 집단의 미국인에게 스스로 인식하지 못하도록 아주 잠깐, 모르는 한자 이미지를 보여주었다고 해요. 한 집단에게는 한 번만 보여주고, 다른 집단에게는 다섯 번 보여준 뒤, 마음에 드는 한자에 등급을 매기라고 했다고 해요. 어떤 결과가 나왔을까요?

한 번만 본 집단보다 다섯 번 본 집단이 계속 노출했던 한자가 마음에 든다고 답변한 횟수가 많았다고 해요. 뇌는 반복하는 정보를 깊이 새기고 친근해진 것이죠.

션 영 교수는 깊게 새겨져 친근해진 행동이 '습관'이 되는데, 이것과 조금 어려운 다른 행동을 묶어서 하면 이 어려움도 덩달아 실행할 가능성이 커진다면서 '자석 행동'을 소개합니다.

예를 들어, 조깅이 어렵다고 느껴지면 이미 날마다 실행하는 일, 이를테면 신발을 매일 신는 행동(이건 뇌에 깊이 새겨져 쉽게 할 수 있죠)을 운동화로 대체하는 일부터 해 보라는 거예요. 그러면 '운동화는 자동으로 조깅하기와 연결'돼 있어 조깅이 한결 쉬워질 거라는 얘기죠.

아이가 매일 하는 친근한 행동과 독서를 연결해 보세요. 간식을 먹으며 책을 읽는 시간을 자주 가지거나 부모와 재미있게 놀고 나서 책 한 권씩 읽어보는 거예요. 아이가 직접 쪽지에 여러 책 제목을 쓰고 뽑게 해 놀이처럼 해 보는 방법도 같은 맥락입니다.

루틴으로 만들어볼까요. 《똑똑한 모험생 양육법》의 김현정 저자는 지속력의 비밀에 대해 이렇게 말합니다. '선택하게 하지 마라. 몸을 그 시간에 그 장소를 향하여 고정된 시간과 장소에 묶으면 된다'

강압적으로 하라는 말이 아니라, 행동할 수밖에 없는 자연스러운 환경을 만들라는 말이에요. 습관이 되려면 몸에 행동이 새겨져 습관 회로가 만들어질 때까지 반복하는 시간을 가져야 하니까요.

저자는 아이가 헬스장을 등록하고 핑계를 대며 가지 않으려고 하자, 월요일과 금요일 오후 5시 30분, 퇴근하자마자 아이 손을 잡고 집을 나섰는데, 시간과 장소를 고정하자 꼼짝 못 하고 비가 오나 눈이 오나 시간이 되면 움직였다고 해요. 한 달 정도 지나자 아이는 먼저 운동하러 가서 빨리 오라고 채근할 정도까지 됐다고 합니다. 저자는 이렇게 말합니다. "루틴이 승리한 결과물이다!"

아이와 독서 루틴을 만들어보세요. 아침에 식사한 뒤 하루 10분 책을 읽거나 부모가 먼저 읽어주고 아이가 이어서 읽기도 좋아요.

혼자 힘으로 어렵다면 함께하세요. 션 영 교수는 혼자서 결심이 무너지기 쉽다면 '커뮤니티에 의지하기'를 통해 '나를 끌어당기는 사회적 자석'을 만들라고 이야기하죠. 또래 관계가 중요해지는 아이들에도 효과적이에요. 운동도 혼자보다 여럿이 함께하면 서로 관심사를 공유하며 더 오래 할 수 있게 된다는 거예요.

독서, 글쓰기, 그리고 영어 스터디 같은 '사회적 자석'을 형성하면 관심사를 공유하며 신뢰를 쌓고 응원도 하면 습관 잡기가 한결 수월해질 수 있다고 해요.

딸도 함께하기 환경을 만든 적이 있어요. 2학년 때 학교 수업이 끝나면 도서관에서 친구와 만나 책을 한 권씩 빌려오기로 약속하고는 책을 참 많이 읽었습니다. 한 선생님은 토요일 3시는 '독서 타임'으로 만들어 다 같이 간식 먹으며 독서토론 하는 것을 행사처럼 매주 반복했다고 해요.

여기에서 알아둘 것은 '함께'하는 말속에 '좋은 관계'라는 말이 숨어 있다는 거예요. 아이들과 관계가 좋을수록 함께하는 것을 더 좋아하기 마련이니까요.

작은 목표부터 세우고 도전하게 해주세요. 매일 실천하며 성공하는 습관 덕에 느끼는 성취감은 행동을 지속하는 힘이 됩니다. 처음부터 "독서왕 되어보자"라거나 "책 많이 읽고 공부 잘하는 아이가 되자" 같은 큰 목표를 세우면 부담부터 왕창 안게 돼요. 우리 뇌는 어떤 일을 할 때 부담을 느끼면 자꾸 그 일에서 멀어지고 싶어 해요. 잘해보려는 의지가 있어도 시험을 앞두고 너무 할 공부가 많으면 아예 책을 덮고 상황을 회피하려 할 수도 있는 것처럼요. 반복적 행동을 하려면 부담 없이 쉽게 할 수 있는 일로 시작해 보는 겁니다.

딸이 초등학교 2학년 때 '독서 보물섬 완성하기'라는 이름으로 일주일마다 정복할 섬 이름을 정하고, 매일 한 권씩 책 읽기를 했었어요. '스스로 책 읽는 아이'를 목표로 한 자기주도학습 프로젝트인 셈이죠.

책 제목도 아이가 정했어요. 큰 전지에 여섯 개의 섬을 그리고 일주일에 한 권씩, 일곱 개의 책 제목이 채워지면 하나의 섬을 정복하는 식으로 했죠. 섬은 하나하나 아이가 받고 싶거나 엄마와 함께하고 싶은 활동명이 적힌 보물섬으로 설정했고요. 6주간 지속하며 모든 섬을 정복하면 '독서 모험 왕'이 되는 것으로 정했답니다.

매일 책 읽기를 하되 종류에는 제한을 두지 않았죠(한 달 정도 지속하면 습관이 될 수 있어요. 끝난 뒤에는 아무 보상 없이 스스로 책을 1권씩이라도 꾸준히 읽을 수 있게 관심 가져 주세요). 딸은 "재미있겠다" 하더니 학교 도서관에서 매일 매일 책을 빌려왔고, 책 종류가 점점 다양해졌어요. 자기가 주도한 계획이라 잘해보고 싶은 마음이 강력했고, 막상 매일 도서관에 가니, 처음 보는 책에도 눈길이 갔던 모양이에요. 처음에는 쿠키 만들기에서 종이접기 책까지, 흥미와 관심이 있는 책 위주로 빌려오더니, 그다음부터는 위인전 / 과학책 / 고전까지 점점 다양한 종류를 책 보물섬 목록에 가득 채워나갔어요.

처음부터 완벽한 계획은 없다는 점을 명확히 하세요. 큰 틀은 제가 기획했고, 매주 정복할 독서 모험 섬의 이름(그 주의 '미션 완료 보상'을 적었어요. 엄마와 책갈피를 만들고 싶으면 책갈피 섬으로 이름 붙였어요)을 정하고 그리는 것은 아이가 하는 식으로 말이죠.

저는 아이와 무언가를 함께해 볼 때 아이가 프로젝트 매니저가 된다는 마음으로 아이디어를 내고 기획하고 구체적으로 실행하기까지 아이에게 많이 해 보게 했습니다. 쉽고 소소한 것부터 주도권을 주었더니 딸로서는 벌써 프로젝트 매니저 경력이 7년 가까이 된 셈이죠.

앞으로는 더 많은 경험이 쌓일 테고 이 과정을 가끔 사진으로 남겨 놓고 한참 뒤에 꺼내 보거나 비교하면 정말 많이 성장했음을 체

감합니다. 이것도 메타인지가 발달한 역사겠죠.

노력하는 과정과 성과를 눈으로 볼 수 있게 해주는 것도 습관 형성에 좋습니다. '시각화'해서 '성장'하는 과정을 보는 것도 동기부여가 되니까요.

공부의 신, 강성태 대표가 '공부가 어렵고 힘든 이유는 공부는 보이지 않기 때문'이라고 한 말이 기억납니다. 목표를 완료하면 체크 표시를 하거나 스티커를 붙이는 것이 효과적이라고 말하며 '습관 달력'을 제안했어요. 실천할 때마다 늘어나는 스티커를 볼 수 있기 때문이랍니다. 고지를 점령할 때마다 목표를 이뤘다는 성취감이 행동을 '지속'하게 해서 습관으로 정착된다는 거죠.

딸도 처음에는 재미로 했다가, 인적 없던 무인도가 책으로 북적북적해지는 걸 보더니 스스로 대견해하고 뿌듯함도 느꼈답니다. 책이 조금씩 늘더니 아이만의 책 보물섬이 채워졌죠.

책 기차 만들기도 있습니다. 세로로 긴 작은 책장을 가로로 세워 여러 칸이 있는 기차로 설정해(종이 상자도 좋아요) 읽은 책을 넣어두는 겁니다. 책 한 권 한 권을 승객으로 생각하면 독서 기차가 가득 찰 때 역시 마음을 벅차게 해줍니다.

목표 권수를 정하고 다 채우면 '독서 모험 왕'이 되는 여정을 출발합니다. 독서 보물섬 형식은 아래처럼 간단히 해도 좋고, 섬을 그려서 해 보면 훨씬 재미있습니다. 재미를 붙이면 몇 권씩 읽기도 합니다. 늘어나는 책 수를 눈으로 확인하면 보람을 느낄 거예요. 그럼, 독서 보물섬을 향한 여정을 떠나볼까요.

# 독서 모험 왕

- 하루에 한 권 이상을 읽으면 1일 미션 완성(한 권 이상은 환영!)
- 일주일간 매일 미션을 완성하면 보물섬 한 곳씩을 순차적으로 정복할 수 있어요.
- 6주간 미션을 완료하면 6개의 독서 보물섬을 정복한 독서 모험 왕이 됩니다.

| | 날짜 | 제목 | 부모 확인 |
|---|---|---|---|
| 1 | | | |
| 2 | | | |
| 3 | | | |
| 4 | | | |
| 5 | | | |
| 6 | | | |
| 7 | | | |
| 참 잘했어요 | | (일주일 미션 완성 보너스:                ) | |

**독서 습관 만들기 프로젝트**

독서 습관을 만들 때 아이의 각오를 적고 시작해 봅니다. 목표가 생기면 조금 더 적극적으로 하려는 마음이 생기기 때문이에요. 핵심은 읽는 것에 익숙해지게 하는 거예요. 아주 쉬운 책도 상관없습니다. 재미있는 방식으로 반복해서 독서가 친숙해지게 하면서 행동이 자동화할 수 있도록 돕는 거죠.

일주일 정도로 너무 길지 않은 기간에 아이가 좋아하는 간식이나 아주 작은 선물, 아이가 하고 싶은 놀이와 같이 작은 보상으로 동기를 불어넣어 주세요. 일주일 단위로 아이와 상의해 보상 목록을 적어 놓으면 동기부여가 됩니다. 지킬 수 있는 기간 단위로 설정해 보세요. 아이들은 노력하고 이룬 것을 눈으로 보면, 다음 목표도 잘 해내려는 마음이 생기게 되니까요.

보상은 너무 크지 않아야 합니다. 그래야 외적 동기로 시작했다가도 결국 '책 읽는 게 이렇게 재미있구나' '책 많이 읽으니 보람 있네' '더 읽어보자'와 같이 내적 동기로 바꿔나갈 수 있기 때문이죠. 이 부분이 정말 중요합니다.

아이 마음 안에서 '책 읽으니 재미있네' '또 읽고 싶어'처럼 내적 동기가 생기면 여정을 이어나가고, 진짜 습관이 될 가능성이 커지기 때문이에요. 아이만의 독서 보물섬 목록을 만들고 독서 모험 왕에 도전하게 해주세요. 아이가 주체가 되어 계획을 짜보면 더 적극성을 보이게 될 거예요.

### 독서 모험 왕이 되기 위한
## 놀이 형식의 그림 계획표 만들기

섬 하나를 정복하면 색깔을 칠해 아이가 성공 과정을 눈으로 인지할 수 있게 '시각화'해 줍니다. '잘하고 있는 걸까?'하며 자기 평가도 할 수 있게 됩니다. 중간중간 '자기 평가'하며 수정하는 것도 좋은 공부니까요. 매주 성공하면 뿌듯한 마음이 들어 독서에 자신감을 얻을 수 있고, 이것이 내적 동기로 전환될 수 있어요.

## 도전! 독서 모험 (예시)

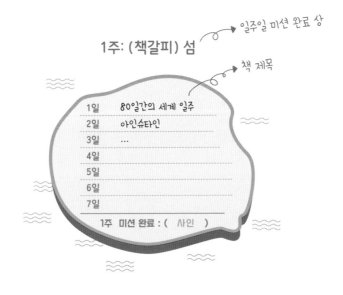

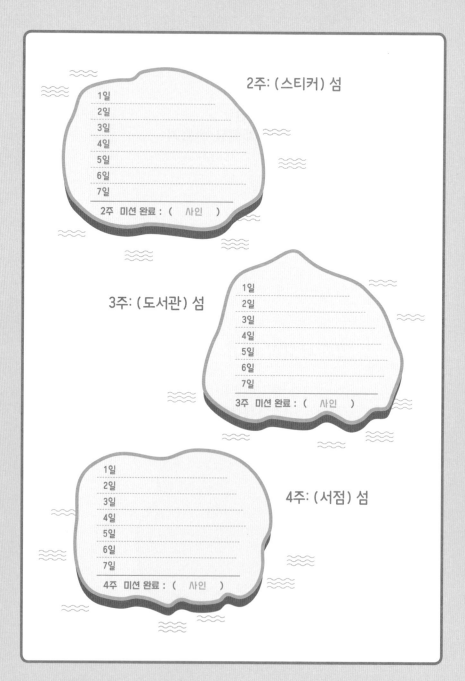

2주: ( 스티커 ) 섬

1일
2일
3일
4일
5일
6일
7일
2주 미션 완료 : (   사인   )

3주: ( 도서관 ) 섬

1일
2일
3일
4일
5일
6일
7일
3주 미션 완료 : (   사인   )

4주: ( 서점 ) 섬

1일
2일
3일
4일
5일
6일
7일
4주 미션 완료 : (   사인   )

초등 메타인지 독서법

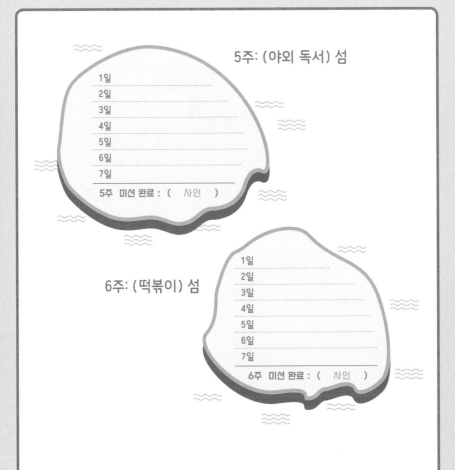

5주: (야외 독서) 섬

1일
2일
3일
4일
5일
6일
7일
5주 미션 완료 : (    사인    )

6주: (떡볶이) 섬

1일
2일
3일
4일
5일
6일
7일
6주 미션 완료 : (    사인    )

자칫 부모의 판단만으로 이끌어 가다 보면, 아이를 그 틀에 맞춰야 하는 경우가 생기는데 큰 틀은 부모가 잡더라도 아이가 그 과정을 계획하고 점검하고 수정해 나가는 과정을 경험하게 해주세요. 독서 모험에서 성공한 아이는 그 성공 경험을 바탕으로 읽고 싶은 책과 독서와 관련해서 원하는 활동이 많이 생겨날 거예요. 아이가 책을 좋아하는 마음과 읽고 싶다는 내적 동기가 생기면, 조금씩 글 밥이 많고 어려운 책도 도전하게 해주세요!

# ❻

# 감성을 배우는
# 책 읽기

    메타인지는 자신의 문제점을 찾고 해결해 나가며 보완해 나갈 수 있게 하는 능력입니다. 그런데, 공부하거나 어떤 문제를 만났을 때도 이를 가로막는 것이 바로 '감정'인 경우가 많아요.

    특히 아이들은 감정의 뇌가 불안이나 스트레스로 가득하면 공부와 관련해 사고 능력을 관장하는 뇌 기능이 제 역할을 하지 못합니다. 메타인지가 뛰어난 아이들은 공부할 때 장단점을 파악해 합리적인 전략을 세우고 판단할 수 있는데, 이 과정에서 감정 조절도 잘할 수 있어요. 감정 조절을 잘하는 아이는 이렇게 생각합니다.

"내가 지금 책을 읽어도 머리에 안 들어오는 이유는 오전에 일어난 일 때문에 걱정이 많아 그런 것 같아. 기분 풀고 다시 읽어보자"

"불안하니 집중이 잘 안 되는 것 같네. 에이~ 불안해한다고 달라지는 것도 없었잖아. 마음을 가라앉히고 열심히 하자"

어떤가요? 과거의 감정에 대한 경험을 바탕으로 합리적으로 판단하려 노력했는데 바로, 메타인지를 활용한 거예요. 정서 지능이 높은 아이는 자기감정을 재빨리 알아차리고 부정적인 감정을 해소하고 본래의 안정적인 감정으로 돌아오는 시간이 빠릅니다.

이때가 중요합니다. 부모는 아이가 어떤 감정이든지 '인정'하고 '수용'해주는 것이 매우 중요합니다. 그렇지 않으면 '이런 감정은 잘못 된 걸까'라며 자기감정을 믿지 못하고 표현하지 못합니다. 잘못된 감정이라고 생각하니까요.

'감정'을 주제로 한 책으로 다양한 상황에서 느낄 수 있는 감정의 종류와 대처법을 배우고, 자기감정을 알아차릴 수 있게 해주세요. 알아차려야 다룰 수도 있게 됩니다. 다룬다는 말은 내 감정이 무엇인지 알고 표현하며 해소하는 힘이 생긴다는 거예요. 이를 위해서는 아이의 어떤 감정이든 자연스러운 것으로 여기고, 수용하고 인정하는 것이 중요합니다. 부모도 무조건 어른이라고 참지 말고, 자연스럽게 표현해보세요. 감정을 표현하고, 반응하고 교류하면 공감 능력도 높아질 수 있어요.

감정을 주제로 한 책을 함께 읽어보면 큰 도움이 됩니다. 아이의 감정선이 연결될 수 있도록 요즘 어떤 감정을 느끼는지 이와 비슷한 상황의 책을 골라 읽는 겁니다.

부정적인 감정이 몰려와도 모두 "짜증 난다"라고만 뭉뚱그려 표현하곤 하죠. 껄끄러울 수도, 화가 났을 수도 있는데 세세하게 묘사할 줄 모르는 겁니다. 감정을 구분해서 인식할 수 있게 감정 단어를 공부해보세요.

《아홉 살 마음 사전(박성우 글, 김효은 그림)》은 다양한 감정을 익히고 표현할 수 있게 돕습니다.《기분을 말해봐요(디디에 레비 글, 파브리스 튀리에 그림)》는 상황별로 어떻게 감정을 표현할 수 있는지 알려줍니다. '뿌듯해요' '마음이 놓여요' '지루해요' '샘이 나요'와 같이 다양한 표현들로 가득합니다.

혹시 화를 자주 내는 아이에게 "화내는 건 나쁜 거야"라고 하지 않나요? 그렇다면 이걸 꼭 아셨으면 해요. '화'는 나쁜 감정이 아니랍니다. 모든 감정은 찾아온 이유가 있고 자연스러운 반응입니다. 표현하는 법이 서투를 때 문제가 생기는 것이지요. 이런 점을 간과해 자주 화를 내다 보면 아이는 자신의 모습을 부정적으로 바라보며 죄책감을 느끼게 됩니다. 부정적인 감정이 해소되지 않아 또 화를 내는 악순환이 이루어질 수 있어요.

《화 잘 내는 법(마키 시노&후미코 나가나와 글, 유키 이시이 그림)》은 잘 살기 위한 기술로 '화를 잘 다스리는 법'을 소개합니다. 화를 적절하게 잘 내면, 상황을 잘 파악하며 사람들과 좋은 관계를 형성할 수 있고, 어려운 상황에도 잘 대처하는 힘이 생깁니다.

감정을 억누르고 "괜찮아"라는 말을 자주 하며, 원하는 것이 있어도 말 못 하고 친구에게 양보만 하는 아이가 있어요. 착한 아이 콤플렉스라는 말 들어보셨나요? 어른이 돼서도 자기감정을 솔직히 표현하지 못하고, 착한 사람이 되려 욕구나 소망을 지나치게 억압하려는 거예요.

착한 아이가 되려다 마음이 힘들어진 아이의 이야기가 있습니다. 《착한 아이 사탕이(강밀아 글, 최덕규 그림)》는 언제나 어른 말을 잘 듣는 아이예요. 무서워도 친구가 놀려도 울지 않아요. 그런데 어느 날 속마음이 이야기합니다. "넌 왜 마음이랑 다르게 행동하니. 그동안 얼마나 힘들었는지 알아?" 사탕이는 그제야 이유를 말해요. "착한 아이는 그러면 안 되거든" 아이의 이런 생각은 평소, '착하지'라는 말을 자주 들어 다른 사람이 원하는 대로 행동하지 않으면 '나쁜 아이'라는 생각이 굳어졌기 때문이었죠.

우리 아이는 어떤가요. 눈치를 많이 보고 인정받기 위해 힘들고 울고 싶은 마음을 숨기고 있지 않나요? 분노, 두려움, 슬픔 같은 감정을 표현하는 것이 나쁜 게 아니라고 알려주세요. "몸처럼 마음도 건강해지려면 원하는 것을 솔직히 표현할 수도 있어야 해"라고도 말이죠.

우울감 때문에 힘들어한다면, 《내 마음이 잘 지냈으면 좋겠어(케이티 헐리 글, 인디 그림)》와 같이 마음을 관찰하는 방법을 알려주고 다독여주는 책도 도움이 됩니다. 우울할 때 찾아오는 부정적인 생각을 인식해 보며 마음을 따뜻하게 보듬어 안아주세요.

또 부정적인 생각 때문에 판단력이 흐려지는 순간을 생각하게 해주세요. 어떤 문제를 이성의 두뇌로 해결해야 하는데, 감정이 훼방을 놓는다면, 조절하는 게 맞고 방법을 찾아 실행하는 것이 메타인지 능력이니까요.

아직 마음이 자라고 있는 아이들이어서 '걱정'을 많이 합니다. 겪어보지 않은 것, 잘하고 싶은데 그러지 못할까 봐, 여러 이유로 말이죠. 《걱정 세탁소(홍민정 글, 김도아 그림)》와 같이 '걱정'을 주제로 한 책도 있습니다.

재은이는 학교 가는 길에 걱정 세탁소를 발견하죠. 근심 걱정을 날려버리려 버튼을 누릅니다. 하지만 걱정 없는 삶이 예상치 못한 결과를 가져오게 되지요. 걱정이 없어지니 열심히 노력하지 않게 되었고, 소중한 사람이 아플 때 걱정하는 마음마저 없어지게 될 지경이었으니까요.

'걱정이 많아 걱정'인 아이들에게 작가는 말합니다. "걱정하는 게 꼭 나쁜 것만은 아니야. 걱정하는 사람이 있어서 세상이 조금 더 나은 방향으로 가는 걸지도 모르니까" 아이의 걱정거리에 관해 이야기해 보고, 걱정이 때로는 열심히 살아가는 힘이 될 수 있다고 말해주세요.

아이가 어떤 상황에서 느낄 만한 감정을 바로 그 자리에서 이름 붙여 인식하게 해주세요. "자랑스럽겠다" "많이 불쾌하구나"와 같이 말이죠. 자연스레 감정을 들여다보며 '이게 불쾌한 감정이구나'라고 알게 됩니다. 생각이 말로 나오고 말하다 보면, 생각과 행동이 바뀌기도 합니다. 아래처럼 긍정적인 감정 표현을 활용해 대화해보세요.

"네가 당당한 모습을 보니 안심이 되네" "네가 노래 부르니 흥이 난다"와 같이 말이죠. 점점 일기, 동시, 친구와의 대화까지 아이의 일상에서 무지갯빛 감정들이 밝게 살아 움직일 거예요.

책을 읽고 등장인물의 감정을 쓰거나 말해볼 때 감정 어휘를 잘 몰라서 다채롭게 표현하지 못하는 경우가 많답니다. 익숙해질 때까지 감정 어휘 목록을 함께 보며 활용하게 해 보면 좋습니다. 감정 카드를 만들어 표정이나 행동으로 감정을 표현하면 어떤 감정인지 답을 맞히는 것도 재미있어합니다.

감정을 기쁨, 슬픔, 분노와 같이 분류해서 익히는 것도 좋고, 여러 감정 어휘를 섞어 놓고 적당한 상황에 맞게 골라서 쓰는 연습을 해 봐도 좋습니다. 아래는 감정 어휘의 예시입니다. 참고해 보세요.

## 감정 어휘

| 든든하다 | 후련하다 | 만족스럽다 | 슬프다 | 공허하다 | 조바심 나다 |
|---|---|---|---|---|---|
| 신난다 | 안심이다 | 흡족하다 | 실망스럽다 | 서럽다 | 후회스럽다 |
| 기대된다 | 통쾌하다 | 평온하다 | 쓸쓸하다 | 울적하다 | 당황스럽다 |
| 힘이 넘친다 | 활기차다 | 포근하다 | 냉정하다 | 불쾌하다 | 무기력하다 |
| 당당하다 | 그립다 | 낙천적이다 | 서운하다 | 원망스럽대 | 괴롭다 |

감정을 잘 알면, 다른 사람 감정도 느끼고 이해하게 되고, 자신의 감정을 잘 표현할 수 있게 되면서 공감 능력이 발달할 수 있어요.

문학작품을 읽을 때도 도움이 된다고 합니다. 등장인물과 동일화를 경험하며 다양한 감정을 등장인물을 통해 바라보고 마주하게 되지요. 역경을 극복해 나가는 과정을 보며 슬픔이 해소되고, 함께 행복감에 젖어 들 수 있어요. 인물이 처한 상황에서 '어떤 마음일까?'도 떠올려볼 수 있겠죠.

공감 능력은 학교나 사회에서도 매우 중요합니다. 학교에서 모둠 수업을 하면, 공감 능력이 높아야 잘 어우러지고 의사소통이 원활해집니다. 공감 능력이 좋은 친구가 리더십이 높은 경향도 보이죠. 중·고등학생이 되면 팀 프로젝트 수업을 하는데 기업들도 협업 프로젝트가 많아 협력하고 문제를 해결해 나가는 데 공감은 중요한 능력입니다.

공감 능력은 뇌 속에 비밀이 있어요. 남의 행동을 보는 것만으로도 자신이 행동하는 것처럼 반응하는 신경세포, '거울 뉴런' 때문이랍니다. '공감'의 정의에 대해 정신분석학자 하인즈 코헛은 이렇게 이야기했어요.

'타인의 감정을 내 감정인 것처럼 받아들이되 객관적으로 바라보는 능력이다'

이 정의처럼, 학교에서 협력하거나 일할 때 다른 사람 처지가 되어보고, 그 사람 관점을 이해하려 노력하는 것도 공감 능력이에요. 책이나 영화를 보고 등장인물에 몰입하며 그 사람이 되어보거나 그 상황 속에 처해 있다고 상상해 보는 것도 도움이 됩니다.

소설 심리학을 연구하는 인지과학자 키스 오틀리와 동료인 레이먼드 마의 연구에 따르면, 소설을 자주 읽는 사람은 남의 마음을 잘 이해하고 남의 이야기에 쉽게 공감하며 남의 관점에서 세상을 볼 줄 안다고 해요.

18세기 영문학을 연구하는 나탈리 필립스는 신경과학자와 함께

한 연구에서 소설을 집중해 읽을 때 등장인물의 느낌과 행동에 관련된 뇌 영역이 활성화된다는 것을 밝혔어요. 공감하게 된다는 것이지요.

다행스럽게도 공감 능력은 메타인지처럼 연습할수록 발달할 수 있습니다. 그림책, 동화, 소설, 시에 이르기까지 다양한 문학작품의 등장인물, 상황, 감정에 관해 이야기 나누고 이를 토대로 부모와 아이의 경험을 자주 나눠보세요.

# ❼
# 자신의 능력을 믿고 나아가는 '자존감 독서'

초등 시기는 무한한 가능성이 열려 있고, 얼마든지 아이 의지와 노력에 따라, 공부든 다른 재능이든 나무처럼 쑥쑥 자랄 수 있는 때에요. 자존감은 자신을 아끼고 사랑하고 존중하는 마음입니다.

아이들은 자신에게 중요하고 의미 있다고 생각하는 사람에게 꾸준히 긍정적인 반응을 받으면 자존감이 높아집니다. 부모나 교사, 친구가 될 수도 있지만, 가장 큰 영향을 받는 것은 가장 오랜 시간을 함께하는 부모랍니다. 인정, 칭찬, 따뜻한 눈빛, 사랑한다는 말에 흠뻑 적셔질 때 자존감이 높아질 수 있어요.

하버드 대학교 교육대학원 조세핀 킴 교수는 자존감은 '자기 가치'와 '자신감'의 2가지 요소로 이루어진다고 말합니다. 다른 이의 사랑과 관심을 받을 만한 가치가 있는 사람인지에 관한 '자기 가치'를 알고, 자신에게 주어진 일을 해낼 수 있다고 믿는 '자신감'이 필요하다고 말이죠. 자존감이 높은 아이라 해서 늘 자신에게 좋은 평가만 내리는 것은 아닙니다. 부정적인 부분을 받아들이면서 긍정적으로 발전할 수 있는 방법을 찾지요. 그런데 이것 아시나요?

메타인지 능력이 자존감에 영향을 미칩니다. 정재승 카이스트 교수는 한 방송에서 메타인지를 이렇게 설명합니다. "내가 무엇을 알고 무엇을 모르고 있는지를 알고 있고, 무엇을 알려면 내가 어떤 노력을 얼마의 시간으로 할 수 있는지를 알아야 합니다" 그러면서 자존감의 근원이 메타인지라고 말합니다.

"나 스스로 턱없이 높이 평가하는 것이 아니라 자신을 정확하고 객관적으로 이해해야 자존감을 조금씩 향상할 수 있습니다. 자신을 너무 과대평가한다면, 무모한 도전을 할 테고, 실패하면서 자존감이 오히려 낮아질 수 있어요. 그러니 나를 정확하게 평가한 다음에 조금씩 높은 과제를 해 나가며 성취의 기쁨을 높이는 것이 자존감을 높이는 방법입니다"

연구에 따르면, 자존감이 높은 아이는 학습에서도 성공할 것이라는 믿음을 갖고 있어, 성공률이 높다고 해요. 반대로 자존감이 낮은 아이는 쉽게 포기하는 경향이 있다는 것도 밝혀졌지요.

자존감은 인생의 역경에 맞서 이겨낼 수 있는 자신의 능력을 믿고 자신의 노력에 따라 삶에서 성취를 이뤄낼 수 있다는 자기 확신을 하는 것이기도 합니다. 자신의 능력을 판단하는 힘이 메타인지 능력이니, 초등 시기에 무조건 칭찬하기보다는 아이가 직접 경험해보며 배우는 것이 중요합니다. 칭찬도 "다음에는 더 잘할 거지?" "또 1등 했네"와 같은 평가가 되면 힘이 떨어진다는 점도 잊지 마세요.

초등 시기는 당장 잘하는 것보다 '자신의 능력에 대한 믿음'을 키우는 것이 중요합니다. 이를 '자기효능감'이라고 하는데, 캐나다의 저명한 심리학자 반두라가 주장한 개념이에요. 특정한 과제에 대해 '난 이것을 잘 수행할 수 있어'라고 자신의 능력을 믿으면, 동기를 갖고 노력하게 됩니다.

조세핀 킴 교수는 자존감이 높은 사람의 유형에 대해 이렇게 설명합니다. '부정적인 면을 갖고 있긴 하지만 자신에 대한 사랑과 존중은 흔들리지 않는 마음, 자신의 강점과 약점 모두를 인식하고 받아들이는 것'이라고 말이죠.


공부든 과제든, 무엇이든 완벽하게 하고 싶다는 마음 때문에 불안감이 높고, 기대에 미치지 못하면 크게 실망하는 아이라면, 완벽주의를 벗게 도와주는 책을 골라 보세요. 《괜찮아 괜찮아 완벽하지 않아도 괜찮아!(토마스 S. 그린스펀, 길벗스쿨)》는 심리학자가 쓴 책으로 완벽주의 때문에 두려움과 불안감을 느끼는 아이들에게 자기 대화를 통해 '난 완벽주의는 아닐까' 생각하며, 강점과 약점을 모두 인식하고 받아들일 수 있게 해줍니다. 부모가 과잉기대를 하고 있다면, 목표를 조금 낮추게 해주세요. 성공하는 경험이 많아질 수 있으니까요. 실패하는 것도 배움의 과정이라는 것을 알아야 합니다.

보잘것없어 보여도 세상에 쓸모없는 존재는 없다는 이야기를 전하는 그림책, 《강아지똥(권정생 글, 정승각 그림)》은 어떤 존재든 소중하다는 것을 깨닫게 하고, 《꼴찌라도 괜찮아(유계영 글, 김중석 그림)》는 1등이 아니어도 괜찮다는 용기를 주고 그보다 더 중요한 가치가 있다는 것을 알려줍니다.

발표 시간에 실수할까 봐, 다른 사람보다 부족한 것 같아서, 또 일이 잘 안 풀려서 걱정하며 '내가 하는 일이 다 그렇지 뭐. 이번에도 잘 안될 거야'라며 두려워하고 있나요? 《어린이를 위한 자존감 수업(이정호 글, 방인영 그림)》은 '너 자신을 믿고 잘하는 것을 찾아보라'라고 말합니다.

성적 때문에 자존감이 무너지는 경우가 많은데, 이것을 알려주세요. 꼭 공부가 아니라도 각자만의 장점이 있다고 말이죠. 그러면 아이도 자신에게 말을 건넬 수 있을 거예요. "이만하면 잘하고 있어" "이 정도면 열심히 했으니 다음에 더 열심히 해 보자"라고 말이죠.

# ❽
# 성장 마인드셋을 기르는 책 읽기

저는 아이들이 메타인지를 길렀으면 하는 마음으로 노력한 게 있어요. 많이 경험하고 직접 계획을 세우고 도전하게 하는 것이었어요. 유치원 시절부터 여행할 때 가족 짐 싸기, 맛집 정보를 찾고 맛집 지도 그려서 방문해 보기, 집 꾸미기와 요리도 아이들의 의견을 반영하고 많이 해 보게 했지요.

물론 단점도 있어요. 엉성하고, 시간이 오래 걸립니다. "내가 음식 만들 거야" 하며 나섰다가 망치면 치울 것투성이니 그냥 내가 해 버리는 편이 낫겠다 싶을 때도 많았으니까요. 그래도 부모가 그런 불편함을 견디고 기회를 줄 때 아이는 메타인지를 키우는 환경에 놓이게 됩니다.

음식을 할 때 요리책만 보고 요리 방법만 배우는 것과 실제로 하는 것은 하늘과 땅처럼 다릅니다. 경험한다는 건, 책에 나오지 않는 수많은 상황 속에서 판단해야 하는 일과 마주하게 되는 것이니까요. 간이 너무 짜면 "다음에는 이렇게 하지 말아야지" "이번에는 소금은 절반만 넣어보자"와 같이 말이죠. 이처럼 소소한 일상에서도 자기 능력을 믿고 도전하는 아이들은 '성장 마인드셋'이 있다는 것이고, 이런 아이들에게서 메타인지가 발달할 수 있어요.

성장 마인드셋은 무슨 말일까요? 스탠퍼드대학교 심리학과 캐럴 드웩 교수가 저서 《마인드셋》에서 '자신의 중요한 자질들이 개발 가능하다는 믿음을 가지는 것'이 '마인드셋'이라고 설명했어요. 그러면서 '능력은 변하지 않는 것'이라고 믿는 사람이 '고정 마인드셋'을 가졌다고 하며, 이들은 자신의 능력을 믿고 역경을 극복해 나갈 수 있는 '성장 마인드셋'을 가진 사람과 비교해 성공할 가능성이 확연히 낮다고 말합니다. 시험 친 후 아이의 반응을 통해 차이를 알아볼까요.

시험 친 뒤 성장 마인드셋을 가진 아이는 이렇게 반응합니다.

"공부를 덜 했나 봐. 다음에 더 열심히 해 보자"

반면, 시험 친 뒤 고정 마인드셋을 가진 아이의 반응은 다음과 같습니다.

"난 머리가 나쁜가 봐. 다음 시험도 또 망칠 게 뻔해"

두 아이의 생각 차이가 느껴지시나요? '고정 마인드셋'을 가진 아이는 자신의 능력이 정해져 있다고 생각하며, 실패하면 쉽게 낙담해 "아무리 노력해도 소용없어" 하고 자신이 무능함을 한탄하죠.

'성장 마인드셋'을 가진 아이는 달라요. 결과가 좋지 않아도 '변화시킬 수 있는 것' 그러니까 '노력'이 중요하며 능력은 개발될 수 있다고 믿습니다. 실패나 실수를 해도 집중력, 노력, 의지 등을 발휘하며 삶을 더 나은 방향으로 이끌 수 있다고 여기죠. 우리 아이는 어떤가요? 책 속에는 '성장 마인드셋'이 높은 사람 이야기가 많이 등장합니다. 그 사례로부터 할 수 있다는 긍정적인 마음과 노력의 중요성을 알게 해주세요.


싫증을 잘 내고 포기도 잘하는 아이라면 《어린이를 위한 그릿(전지은 글, 이갑규 그림)》은 목표를 향해 나아가는 열정과 끈기의 힘을 깨닫게 합니다.

《틀리면 어떡해(김영진 글 그림, 길벗어린이)》는 태권도 승품 시험을 준비하며 불안해하는 그린이의 이야기입니다. 시험 앞에서 불안감을 많이 느끼는 아이에게 도움이 될 수 있어요.

책 속에는 관장님의 실수 상황이 나오는데, "어른도 실수를 많이 한단다"라고 이야기해주고 부모의 어린 시절 실수담도 나눠보세요. 불안감이라는 감정은 '잘하고 싶은 마음' 때문에 생기는 것이고, '노력하는 모습' 자체가 대견하다고 말이죠. 결과보다 '노력'의 가치를 크게 바라볼 수 있는 아이라면, 용기를 갖고 새로운 도전을 해 나갈 겁니다.

저도 늘 아이들이 결과보다 '노력의 가치'를 알았으면 해요. 그런데, 요즘 아이들은 너무 일찍부터 성적으로 평가받는 환경에 놓이다 보니, 성취보다 좌절의 경험을 더 많이 하게 됩니다. 학원만 해도 진도나 실력순으로 반을 나누며 입학시험을 쳐야 들어갈 수 있는 곳이 많잖아요.

1, 2학년이라면 읽고 쓰고 이해하는 능력이 뒤늦게 발달하는 경우가 있고, 발달 속도도 저마다 달라서 '앞으로 잘할 아이'라 해도 성적이라는 잣대로 평가되면, 지금 결과가 좋지 않다는 이유로 자신의 능력을 부정적으로 바라보게 될 수 있어요. 도전 상황을 즐기는 아이도 있겠지만, "100점, 꼭 맞아야 해"와 같이 매번 너무 높은 기준을 제시하면 그렇게 되기에 십상입니다.

목표가 너무 높으면 어떻게 될까요? 올라가려 노력하는 과정만 있고, 성취감을 느낄 기회가 적어집니다. 그저 애쓰는 과정만 있을 뿐이죠. 목표가 과하지 않고, 아이 스스로 잘할 수 있다는 마음을 가질 때, 여러 경험을 해 보게 되고, 이 시간을 통해 메타인지 능력도 기를 수 있어요.

저는 아이가 시험을 칠 때 결과에 대해 꾸중을 하지 않습니다. 대신 스스로 노력 점수에 대해 평가해 보라고 합니다. 제가 평가자가 되지 않은 이유는 자신이 할 수 있는 것을 생각해 보게 하려는 거예요. 언젠가 이런 대화를 한 적이 있어요.

"시험 볼 때 모르는 게 많을 수 있어. 항상 100점 맞는 사람은 없잖아. 너도 알지?"

"맞아. 세상에 그런 사람은 없어"

"그래. 엄마는 시험을 잘 보는 것도 좋지만, 노력을 얼마나 했느냐가 더 중요한 것 같아"

"나도 그렇게 생각해. 점수는 노력하다 보면 나중에 언제든지 잘 받을 수 있는 거잖아. 나, 오늘 노력 점수 매겨볼 거야. 이건 의지만 있으면 잘할 수 있잖아. 파이팅"

아이는 자신이 할 수 있는 것을 곰곰이 생각하더니 시험 시간 동안 최대한 문제를 꼼꼼히 읽을 것이고 가장 마지막에 자리에서 일어날 거라며 의지를 불태웠어요. 문제를 다 맞히는 것은 능력 밖일지라도, 노력하면 할 수 있는 것에 대해서는 충분히 가능하다고 여긴 거죠.

'노력'이라는 것도 듣기에 따라 부담스러울 수 있지만, 자신이 주관적으로 평가하는 것이니 '열심히 해야지'라는 마음에 의미를 둡니다. 내가 할 수 있는 것에 대해 생각해 볼수록, 서툴러도 자기 능력을 파악하는 눈이 자라게 됩니다. '어려운 것도 자꾸 해 보니, 잘하게 되기도 하네'라는 성취 경험을 하면, 이것이 '좌절에 대한 내성'을 갖게 해줍니다. 노력하면 조금씩 나아질 거라는 마음가짐, 성장 마인드셋과 노력이 만나면, 도전을 두려워하지 않고, 많은 경험을 하게 될 테고, 그 과정에서 메타인지도 발달할 가능성이 커집니다. 자신의 능력과 한계를 점점 더 정확히 파악할 수 있는 아이는 시간과 노력을 필요한 곳에 적절히 투자해 효율성을 높일 수도 있습니다.

메타인지는 직접 키워주지 못해도 이처럼 기를 수 있는 환경은 만들어줄 수 있어요. "이렇게 해야 해"라고 콕 집어 지시하지 않아도, 대화를 통해 아이에게 노력과 도전하는 용기가 중요하다는 것처럼 좋은 가치관이 스며들게 됩니다. 이것도 부모라는 환경이 미치는 힘이에요.

1, 2학년은 자기 일을 계획하고 경험해 보는 연습의 시간으로 삼고, 고학년으로 넘어갈수록 적극적으로 상황이나 문제에 대한 판단력을 기를 수 있는 환경을 만들어주세요.

《이번 실수는 완벽했어(크리시 페리 글, 존 데이비스 그림)》는 자신이 완벽하지 않다는 사실을 잘 알기에 모든 일에 최선을 다하는 우등생 페넬로페의 이야기로, 실수하는 용기에 대해 깨닫게 해주는 성장 동화입니다.

실수를 만회하려 전전긍긍하자 할아버지가 조언합니다. "가끔은 선에서 벗어나서 색을 칠해 보렴. 생각보다 근사해서 깜짝 놀라게 될지도 모른단다" 일이 꼬일 거로 생각했지만, 오히려 실수를 통해 만족할 만한 결과를 얻게 되는 주인공 이야기를 통해, 실수에 대한 생각을 전환해 줍니다.

《그냥 아무것도 하기 싫은데 어떡해요?(제성은 글, 이미진 그림)》는 부모의 높은 기대를 채우려 온종일 학원 일정에 시달리며 공부에 대한 의욕을 잃은 도영이 이야기입니다. 도영이는 친구에게 깜짝 놀랄 만한 이야기를 듣습니다.

"미국 항공 우주국 나사 알지? 거기에서 일할 사람 뽑을 때 조건이 뭔지 알아?"

도영이는 대답합니다.

"그걸 내가 어떻게 알아?"

영후는 생각지도 못한 이야기를 건넵니다.

"실패를 많이 한 사람이래!!"

실패를 통해 배우고 나아가는 사람이 인정받을 수도 있다는 것을 알게 되며 도영이는 웃음을 되찾습니다. 작가는 '나는 할 수 없어' 하며 무기력함을 느끼는 아이에게 어른들의 높은 기대를 위해서가 아니라 자신이 원하는 행복을 위해 자신에게 멋진 주문을 걸어보라고 말합니다.

"잘해 왔고, 잘하고 있고, 잘할 수 있어!"


위인전이나 최근 성공한 인물의 이야기 속에는 성장 마인드셋 사례가 가득합니다. 성공한 원인에만 주목하지 않고, 포기하는 용기와 노력의 가치에 의미를 두며 읽어보면 좋겠습니다. 어떤 노력으로 반짝이는 미래를 만들어갔는지 노력 노트를 만들고 '난 어떤 노력을 해 볼까' 다짐을 적고 실천해 보게 해주세요.

## 나의 노력 노트

| | |
|---|---|
| 책 제목 | |
| 닮고 싶은 사람 | |
| 빛나는 실패 | |
| 노력 1 | |
| 노력 2 | |
| 노력 3 | |
| 나의 다짐 | |

　어떠세요. 아이들이 독서를 통해 생각의 힘을 키우고 노력하며 성장하는 모습이 그려지지 않으세요?

　하루라도 빨리 초등 메타인지 독서법을 시작해 보세요. ●